Henni Nachtsheim
Michael Apitz

Adlerträger

Lilli Pfaff und die Geschichte von Eintracht Frankfurt

Herodot-Verlag

Bibliografische Information der Deutschen Nationalbibliothek
Die Deutsche Nationalbibliothek verzeichnet diese Publikation in der Deut-schen Nationalbibliografie; detaillierte bibliografische Daten sind im Internet über http://dnb.d-nb.de abrufbar.

5. Auflage

Königsberger Str. 16, 55218 Ingelheim am Rhein
in Kooperation mit Batz Books

Illustrator: Michael Apitz
Illustrationsassistenz: Katharina Apitz
Umschlaggestaltung: Nadine Nagel, Mainz
Umschlagabbildungen: Michael Apitz
Satz und Layout: Sarah Küper, Mainz

Printed in Europe

ISBN: 978-3-98641-031-5

www.herodot-verlag.de

Inhaltsverzeichnis

Vorwort

Erstmal herzlich willkommen zu unserer 4. Auflage von »Adlerträger«! Oder wie wir auch gerne sagen ... Gude!

Sollte jemand schon ein Exemplar aus einer der vorherigen Auflagen besitzen, wird ihm oder ihr auffallen, dass dieses hier dicker und ein bisschen schwerer ist als die früheren.

Das liegt ganz einfach daran, dass wir die jüngere Geschichte bzw. die zeitnahen Ereignisse nicht ignorieren können!

Was wäre ein aktuelles Buch über die Historie von Eintracht Frankfurt ohne die herausragende Geschichte der gewonnenen Europa-League?

Und so haben wir es wie schon 2019, nach dem Sieg im DFB-Pokalfinale und der anschließenden Reise durch Europa, gemacht: wir haben ein neues, weiteres Kapitel geschrieben und gezeichnet!

Unser Buch ist also wieder auf dem neuesten Stand. Und sollte die Eintracht in den nächsten Jahren Deutscher Meister werden und/oder die Champions-League gewinnen, müssen wir halt wieder ran. Klar, irgendwann kann es sein, dass das Buch hier dann dicker als die Bibel ist, aber unter diesen Umständen wäre das in Ordnung!

Viel Spaß mit »Adlerträger«!

Henni und Michael

Unsere Hauptdarsteller

Das ist Lilli Pfaff!

Wenn man sie fragt, wie sie so als Schülerin ist, sagt sie immer: »Hm, eher so mittelgut!«. Fragt man dann ihren Klassenlehrer, ob das stimmt, antwortet der immer: »Na, sagen wir eher ›fast mittelgut‹!«

Besser, nämlich sehr gut, läuft es dagegen für sie beim Fußball. Was unter anderem daran liegen dürfte, dass ihr Dribbeln und Grätschen einfach deutlich leichter fallen als z. B. Vokabeln lernen oder Aufsätze schreiben. Und auch beim Umgang mit Zahlen merkt man, wo ihre Vorlieben liegen. So weiß sie zwar, dass ein Strafraum 40 Meter 32 breit und 16 Meter 50 tief ist, behauptet allerdings auch, dass »Nachbarzahlen« die Hausnummern der Leute wären, die nebenan wohnen.

Aufgrund ihrer eisenharten und kompromisslosen Spielweise ist sie als linke Verteidigerin im Gegensatz zu allen anderen bei der E-Jugend-Mannschaft vom SV Blau-Gelb Frankfurt gesetzt. Und zwar bei den Jungs!

Lillis Lieblingsverein heißt, neben ihrem eigenen, übrigens Eintracht Frankfurt. Was stark mit dem Einfluss eines »älteren Freundes« zu tun hat, zu dem wir gleich noch kommen ...

Da ihre Mutter Sabine vor einiger Zeit vollkommen überraschend ein altes Hotel in Nord-Holland geerbt hat und deswegen mit Lillis Vater dorthin gefahren ist, um es zu renovieren, Lilli aber jede Menge guter Gründe hat in Frankfurt zu bleiben, lebt sie zurzeit bei dem erwähnten Freund.

Und das ist...

Bonifaz Pfaff!

Väterlicherseits Opa von Lilli und seit dem Tod seiner Frau Margarethe allein lebend. Oder besser gesagt: fast allein lebend.

Sein Vorname ist eigentlich eher selten, es sei denn, man ist Papst. Bonifaz steht für »Wohltäter, der Gutes tut« ... was jetzt nicht jeder, der mit ihm zu tun hat, unbedingt so unterschreiben würde. Aber auch wenn er gelegentlich mal etwas wortkarg oder gar mürrisch wirkt, liegt das nicht daran, dass er von Haus aus ein unfreundlicher Kerl ist! Nein, das liegt einfach daran, dass er seine Freundlichkeit, seine Begeisterungsfähigkeit und seine gute Laune vor allem für drei reserviert hat, die ihm besonders am Herzen liegen:

seine Enkeltochter Lilli, Eintracht Frankfurt, und seinen Mitbewohner namens ...

Adler!

Der übrigens als Einziger davon ausgeht, dass er nicht nur aus Jux so heißt, sondern tatsächlich einer ist. Wann immer jemand vor seinem Käfig steht und anerkennend feststellt, was für ein schöner Papagei er doch sei, bestraft er diesen mit dem verblüffend authentischen Nachäffen einer Auto-Alarmanlage, woraufhin jeder der Bewunderer panisch zum Fenster rennt. Selbst, wenn er eigentlich zu Fuß gekommen ist.

Adler hatte das, was man eine »schwierige Kindheit« nennt. Denn statt wie andere seiner Artgenossen in irgendeinem kuscheligen Dschungel in Afrika oder Australien zur Welt zu kommen, erblickte er im Gipfel einer deutschen Rotbuche am Frankfurter Riederwald das Licht der Welt. Dort nämlich hatte ihn seine Mutter nach ihrer geglückten Flucht aus den Klauen skrupelloser Vogelhändler ausgebrütet, sich allerdings kurz darauf in einen hessischen Specht verknallt und ihn dann einfach vergessen.

Als er beim Versuch, eine vorbeifliegende Mücke zu erwischen, aus dem Nest fiel, hatte er gleich zweimal Glück. Erstens, dass er sich nur den rechten Flügel verstauchte, und zweitens, dass ihn zufällig ein junger Mann fand, der sich gerade Karten

für das nächste Eintracht-Heimspiel gekauft hatte. Der Bonifaz Pfaff hieß und ihn mit zu sich nach Hause nahm, um ihn dort fürsorglich aufzupäppeln. Wo er denn bis heute blieb.

Aufgrund des Lieblingsthemas seines Herrchens darf man getrost davon ausgehen, dass es weltweit derzeit keinen Papageien gibt, der über ein größeres Fachwissen zum Thema »Eintracht« verfügt als er. Das »E« auf seiner Brust steht übrigens für »Eagle«!

Europacup

»Wer ist denn dieser Mann, der den Schiedsrichter am Spielfeldrand so anschreit?«

Fasziniert starrte Lilli auf den Fernseher. Bonifaz Pfaff schaltete das Bügeleisen auf Standby. Wie immer interessierten ihn Fußballspiele ohne Beteiligung seines Vereins nicht wirklich.

»Das ist dieser José Mourinho! Der Trainer von der Mannschaft in den blauen Trikots! Der braucht das anscheinend manchmal …«

»Wenn mich einer so anbrüllen würde, müsste ich bestimmt anfangen zu weinen!«

»Ja, aber Schiedsrichter weinen nie.«

»Warum?«

»Weil man denen die Tränendrüsen entfernt hat …«

»Was?!«

Bonifaz musste lachen. Lilli irgendwie reinzulegen, war in der Regel nicht einfach, umso mehr freute ihn jetzt ihr empörtes Gesicht.

»War ein Scherz, Lilli, nur ein Scherz.«

»Super lustig!«

Kopfschüttelnd widmete sie sich jetzt wieder dem Fußballspiel im Fernsehen.

»Für einen Moment hab ich gedacht, er beißt ihm das Ohr ab!«

»Wäre nicht das erste Mal!«

Lilli grinste ihn nickend an.

»Klar!«

Einmal veräppeln, ja. Zweimal auf keinen Fall.

»Und wie ist er so als Trainer?«

»Du meinst, wenn er nicht gerade rumbrüllt und Ohren abbeißt?«

Lillis Blick signalisierte ihm, dass der Witz mehr als abgegessen war.

»Schon gut. Also, ansonsten ist er ein superguter Trainer. Hat 'ne Menge Titel gewonnen, und sogar schon zweimal die Champions League …«

»Wow! Das ist doch dieser riesige Pokal mit den großen Henkeln dran, die aussehen wie die Flügel von einem Engel!«

»Was du dir alles merken kannst!«

»Hat die Eintracht die Champions League auch schon mal gewonnen, Opa?«

»Nicht ganz. 1960 war das, da waren wir nah dran. ›Europacup der Landesmeister‹ hieß das damals noch.«

Wie immer, wenn er von damals erzählte, bekam er diesen komischen, leicht abgedrehten Blick. Das sei ein bisschen so, hatte er ihr mal erklärt, wie wenn seine Gedanken in ein kleines

Flugzeug steigen würden, um in die Vergangenheit zu fliegen.

Seinen Augen nach war das Flugzeug in seinem Kopf gerade wieder unterwegs.

»Nach der Deutschen Meisterschaft waren wir das erste Mal dafür qualifiziert. Damals gab es aber keine Gruppen so wie heute, sondern gleich Hin-und Rückspiele. Und danach war man entweder eine Runde weiter oder nicht. Ich erinnere mich noch ganz genau. Als erstes musste die Eintracht in der Vorrunde gegen diese Finnen ran. Diese ... diese ...«

»Kuopio PS hießen die!«, ergänzte Adler, der auf die Fernbedienung geflogen war und gerade dabei war, mit dem Schnabel den Ton etwas leiser zu stellen.

»Sag ich doch, die Finnen!«

Bonifaz konnte es absolut nicht leiden, wenn sich jemand in seine Vorträge einmischte. Wogegen Adler nichts lieber tat als das.

»Jedenfalls haben wir die weggeputzt, dass die nicht mehr wussten, wo vorne und hinten ist! Soweit ich mich erinnere, haben die nicht ein einziges Tor gegen uns geschossen!«

»Was jetzt net soo überraschend war!«

Adler war mittlerweile auf die Fensterbank umgezogen.

»Die sind nämlich gar net gekommen, die Finnen! Weil die nämlich pleite und denen deswegen die Flugkosten zu hoch waren! Deswegen ist die Eintracht weitergekommen, ohne auch nur einen einzigen von denen überhaupt zu sehen! Das zum Thema ›Finnen wegputzen‹!«

Trotzig schüttelte Bonifaz den Kopf.

»Haarspalterei. Weiter ist weiter! Auf jeden Fall hatten wir dann in der ersten Hauptrunde diese Schweizer ...«

»Young Boys Bern!«

Genervt warf der Alte einen strengen Blick in Richtung seines Besserwisser-Vogels.

»Nur mal zur Erinnerung Herr PAPAGEI, bis zum Tierheim sind es keine fünf Minuten!«

Beleidigt drehte ihm Adler den Rücken zu. Denn auch wenn er ziemlich sicher wusste, dass das mit dem Tierheim nur eine leere Drohung war ... das Ignorieren seiner wahren Identität kränkte ihn zutiefst.

»Und wie hat die Eintracht gegen die gespielt?«

Lilli war jetzt neugierig geworden.

Bonifaz kratzte sich am Kopf. »Äh ... das Hinspiel ging für uns aus ... und zwar ähm ...«

Unsicher schaute er erneut zu Adler, der ihn keines Blickes würdigte, sondern stattdessen übertrieben hektisch seine Flügel putzte.

»Egal, jedenfalls haben wir da gewonnen und daheim Unentschieden gespielt. Was gereicht hat. Als nächstes ging's dann gegen die Österreicher, Wiener Sport-Club hießen die. Haben wir auch locker ausgeschaltet. Und dann ...«

Seine Augen leuchteten jetzt, als hätte jemand in seinem Kopf das Licht eingeschaltet.

»... und dann kamen die Schotten! Glasgow Rangers! Das war eine ganz große Nummer damals! Die Highlander des Fußballs ... die ...«

Genau in diesem Moment ertönte Musik. Beim Versuch, auf der Stereoanlage zu landen, hatte Adler versehentlich den Startknopf vom CD-Player erwischt. Und während jetzt die Ouvertüre von Tschaikowskis »Nussknacker« einsetzte, schwoll auch Bonifaz Stimme an.

»Zwölf Tore in zwei Spielen haben die Jungs geschossen! Sechs im Hinspiel, sechs im Rückspiel! Eines schöner als das andere. Hätte es damals das ›Tor des Monats‹ schon gegeben ... alle zwölf hätten gewonnen! Die haben gespielt wie von einem anderen Stern. Lindner, Stinka, Kreß, Meier ... und natürlich Alfred Pfaff mit allein vier Treffern!«

EINTRACHT FRANKFURT...
REAL MADRID...?
?!

Das 3. Tor für die Eintracht durch Erwin Stein beim Europapokal-Endspiel gegen Real Madrid im Hampden Park, Glasgow, 18. Mai 1960

Lilli grinste. Die Tatsache, dass jemand mit dem gleichen Nachnamen in so wichtigen Spielen so viele Tore geschossen hatte, gefiel ihr!

»Am Ende haben 60.000 im Ibrox-Park der Glasgow Rangers stehende Ovationen gegeben und ...«

»Achtundsechzigtausendfünfhundertachtundsiebzig!«

Bezüglich Zahlen war Adler ein solcher Pedant, dass er dafür sogar das Beleidigtsein vergaß.

»Von mir aus, du fliegender Erbsenzähler! Alle haben jedenfalls stehend applaudiert, und die Spieler von Glasgow haben ein Spalier für die Frankfurter gebildet und ebenfalls geklatscht, als sie dadurch gelaufen sind!«

»Was ist ein Spalier?«

»So eine Art Gasse. Auf jeden Fall war das der absolute Hammer!«

»Und dann?«

»Dann kam das Endspiel! Gegen Real Madrid! Was übrigens auch wieder in Glasgow stattfand, diesmal allerdings im Hampden Park. Vor 130.000 Leuten!«

Ein kurzer Blick zu Adler machte dem klar, dass genauere Zahlen gerade unerwünscht waren.

Lilli rutschte jetzt aufgeregt im großen Sessel hin und her.

»Und?«

»Richard Kreß hat uns in Führung geschossen und Erwin Stein hat gleich zweimal getroffen. Drei Tore gegen die ›Galaktischen‹, so nannte man die damals! Das musst du dir mal vorstellen. Drei Treffer! Die galten ja als unschlagbar!«

»Das ist ja super! Und die anderen haben kein Tor geschossen?«

»Doch ...«

Bonifaz schluckte.

»Sieben Stück! Das war ... das war ...!«

»... menschenverachtend!«

Adler, der mittlerweile auf Bonifaz' Schulter saß, hatte es auf den Punkt gebracht.

Sekunden später löste das leichte Zischen des Bügeleisens Tschaikowskis kraftvolle Ouvertüre ab und Bonifaz wandte sich wieder seiner braunen Lieblings-Breitcordhose zu. Adler flog samt Fernbedienung zurück in seinen Käfig, und Lilli staunte nicht schlecht, wie gut gelaunt und freundlich lachend dieser Jose Mourinho jetzt mitten auf dem Platz stand, um seinen Spielern zum Sieg zu gratulieren!

Frau Horst und das liebe Geld

Lilli schaute in die Augen von Frau Horst, und Frau Horst schaute zurück. Beide wussten, was jetzt passieren würde. Denn es war Sonntagnachmittag und das bedeutete »Kassensturz«-Zeit. Wobei hier nicht einfach nur kurz und schnöde mal Geld gezählt wurde. Nein, das hier war ein Ritual! Wie immer schob Lilli einen Stuhl vor das große Regal, kletterte rauf, und hob dann Frau Horst vorsichtig von ihrem Stammplatz zwischen dem leicht vergilbten Hochzeitsfoto ihrer Großeltern und einem alten abgewetzten Stollenschuh. Den ihr Großvater hier übrigens aufbewahrte wie ein religiöses Heiligtum, weil er damit irgendwann zwischen Kreide- und Steinzeit angeblich ein »überlebenswichtiges« Tor gegen Zeilsheim gemacht hatte.

Und in dem sie klugerweise diesen kleinen silbernen Schlüssel aufbewahrte. Denn selbst im Falle eines Einbruchs konnte man davon ausgehen, dass kein Einbrecher der Welt dem morschen Schuhwrack auch nur einen Blick schenken, geschweige denn ihn freiwillig anrühren würde.

Kurz darauf setzte sie sich aufrecht vor ihr Sparschwein, um diesem mit den stets gleichen Worten zu erklären, was nun als Nächstes passieren würde: »So, Frau Horst, ich mache dir jetzt den Bauch auf!«

Dass das Schwein »Frau Horst« hieß, war zwar etwas ungewöhnlich, aber einfach zu erklären. Als ihre mittlerweile verstorbene Großmutter ihr das Sparschwein vor einigen Jahren zum Geburtstag geschenkt hatte, war das mit der freundlichen Aufforderung verbunden, dem rosa glänzenden Porzellantier doch einen besonders hübschen Namen zu geben. Und da der dicke Metzger im Laden an der Ecke sowohl von der Kopfform, dem Gesichtsausdruck als auch von der glänzenden Hautfarbe (die Grunzgeräusche beim Nasehochziehen mal nicht mitgerechnet) dem Schweinchen doch sehr geähnelt und mit Vornamen »Horst« geheißen hatte, war es für Lilli eine leichte und vollkommen logische Entscheidung gewesen, ihr neues ›Haustier‹ so zu nennen. Aber aufgrund des Einwands ihrer Oma, dass Horst ein Männername, das Sparschwein hier jedoch weiblichen Geschlechts sei (eine These, die bei einem Tier aus Porzellan eigentlich nicht wirklich zu belegen war), hatte Lilli beschlossen einen Kompromiss zu finden, was ihr mit »Frau Horst« dann auch perfekt gelungen war.

Jetzt also öffnete Lilli dank Schlüssel den Bauch der Sau, schüttete den Inhalt geschickt auf den Tisch, sortierte, natürlich unter Mithilfe von Adler, sämtliche Münzen und Scheine in verschiedene Stapel und begann dann, alles zusammenzuzählen. Das Tolle, ja eigentlich Unfassbare war, dass – obwohl sie selbst manchmal wochenlang nichts aus der eigenen Tasche in das Schwein warf – jedes Mal trotzdem mehr drin war als den Sonntag zuvor. Was sie natürlich doll freute und Bonifaz mit einem kaum sichtbaren Grinsen kommentierte.

Und während Lilli da so saß und zählte und stapelte, schoss ihr plötzlich eine Frage in den Kopf.

»Wie ist denn das eigentlich bei der Eintracht? Ist die auch so reich wie ich?«

Bonifaz kratzte sich nachdenklich am Kopf.

»Hm, eine gute Frage. Ob sie jetzt so viel Geld hat, wie du gespart hast, wage ich natürlich zu bezweifeln, aber ich glaube, es ging ihr finanziell auch schon schlechter.«

»Wann denn?«

Mal wieder schweifte sein Blick ins unendliche Erinnerungsuniversum.

»1907! So lange ist das schon her, da hatte die Eintracht ein Gesamtvermögen von ...«

Gespannt starrte Lilli ihn an.

»... 42 Pfennig!«

»So wenig? Wieso denn das?«

»Nun, weil der damalige Kassenwart seinen Job leider nicht ganz so gewissenhaft und ehrlich ausgeübt hatte, wie es eigentlich hätte sein sollen!«

»Oje!«

»Ja, aber andererseits ...«

Bonifaz' nachdenkliche Miene wurde jetzt von einem breiten Grinsen abgelöst. »... bist du mit 42 Pfennig zumindest nicht verschuldet. Und glaub mir, es kamen später noch Zeiten, wo man sich liebend gern an diese Zeit erinnert hat!«

»Verstehe ich nicht!«

»Macht nichts. Ich sag es nur einfach so: Was Geld angeht, haben wir bei der Eintracht schon alles erlebt. Mal war sie wohlhabend, dann kam irgendein größenwahnsinniger Depp und hat alles wieder sinnlos verballert! Geld da, Geld weg, Geld da, Geld weg ... Irgendwann hat einer z.B. den Spielern Häuser verkauft und die damit fast in den Ruin getrieben. ›Bauherren-Modell‹ hieß das damals. ›Betrüger-Modell‹ hätte besser gepasst! Egal, ist lange her. Um es kurz zu machen: Wir haben bei der Eintracht in Sachen Kohle 'ne Menge komischer Geschichten erlebt.«

»Und hast du Angst, dass das irgendwann wieder mal passiert?«

»Nee, eigentlich nicht. Zumal man es irgendwie geschafft hat, den ›Drecksack-Virus‹ wegzubekommen.«

»Den was?«

Das Wort hatte sie tatsächlich noch nie im Leben gehört.

»Ich wollte nur sagen, dass so Typen wie diese gestörten Gebrauchtwagen-Händler und Schiffschaukel-Bremser von damals zum Glück schon lange der Vergangenheit angehören.«

Lilli nickte verständnisvoll. Wenn damals tatsächlich irgendwelche Männer, die normalerweise alte Autos verkauften oder auf der Kirmes Schiffschaukeln zum Stehen brachten, bei der Eintracht die Kasse verwaltet hatten, war ja klar, dass das nicht gutgegangen sein konnte. Womit sie das Thema denn auch als beendet betrachtete.

Freudig stellte sie kurz darauf fest, dass Frau Horst an diesem Sonntag ganze fünf Euro mehr im Bauch hatte als noch letzte Woche. Warum auch immer ...

Warum heißt man wie man heißt ...?

3 Adler stand mitten auf dem Tisch und zerlegte mit dem Geschick eines erfahrenen Chirurgen gerade seinen dritten Schokoladenkeks. Lilli saß wippend auf einem Stuhl und beobachtete ihn, wie er genüsslich jeden einzelnen Krümel in seinem Schnabel verschwinden ließ. Erst als auch das letzte Keksmolekül verputzt war und auch die leere Packung nichts mehr hergab, wandte er sich Lilli zu, die ihn nachdenklich betrachtete.

»Stimmt was net?«

»Doch, doch ... ich denk nur gerade über etwas nach ...«

»Über was denn?«

Dabei tippelte er jetzt über den Tisch, um direkt vor ihr stehen zu bleiben.

»Ich frag mich gerade, warum man so heißt wie man heißt!«

»Aha! Naja, in meinem Fall isses ja einfach. Ich heiße Adler, weil ich einer bin. Ist net besonders einfallsreich, aber des macht nix!«

Lilli musste grinsen. Tatsächlich war Adler der Einzige, der immer noch glaubte, dass er einer dieser berühmten Greifvögel war und kein Papagei. Was auch deshalb erstaunlich war, weil er ja bestimmt im Fernsehen oder in Büchern schon echte Adler gesehen hatte, von Attila, der vor jedem Eintracht-Heimspiel ins Stadion gebracht wurde, ganz zu schweigen. Aber so ist das mit dem Betrachten: Der eine empfindet etwas so, der andere wiederum so. Und wenn unser Papagei in den Spiegel schaute, war er sich halt sicher, dass er das sah, was er sehen wollte. Gut, das Exemplar dort war zugegebenermaßen etwas kleiner und die

Farbe etwas ungewöhnlich, aber trotzdem ... dieser wahnsinnig gutaussehende und vor allem imposante Vogel ihm gegenüber war eindeutig ein Adler!

Dass ihm Bonifaz damals, nachdem er aus dem Nest gefallen war, eigentlich erst mal nur aus Jux diesen Namen verpasst und es dann dabei belassen hatte, war ihm bis heute verschwiegen worden, also wusste er es auch nicht besser.

»Na ja«, meinte Lilli, »aber du hättest ja auch anders heißen können. Zum Beispiel ...« Sie überlegte. »Zebra!«

»Wieso denn Zebra? Das passt doch gar net! Die haben vier Beine und Hufe und Streifen und Zähne usw. Wenn ich 'en Zebra wär, dann wär ich damals auch net aus'm Nest gefallen, weil die nämlich auch gar keine Nester bauen. Wie soll'n 'en Zebra allein einen Baum hochkomme?!«

»Ja, ist ja gut! Du musst dich deswegen ja nicht gleich aufregen, war auch nur so'n Gedanke!«

»Dann haben wir das ja geklärt!«, antwortete Adler kopfschüttelnd und guckte zur Uhr. Bonifaz müsste in der nächsten Viertelstunde vom Besorgungenmachen nach Hause kommen und ihm hoffentlich all das mitbringen, was er ihm auf den Einkaufszettel gekritzelt hatte: Schoko-Kekse, Vanille-Kekse, Zitronen-Kekse und vor allem Haselnuss-Kekse! Wenn er dann auch noch irgendeine neue Fußball-Zeitschrift mitbrächte, wären die nächsten Tage mehr als gerettet!

Lilli war derweil immer noch bei der Sache mit den Namen.

»Ich finde zwar nicht, dass Lilli der beste Name auf der Welt ist, aber es hätte ja auch schlimmer kommen können! Stell dir vor, ich würde zum Beispiel ›Regenrinne‹ heißen! Oder ›Pfütze‹! ›Pfütze Pfaff‹! Oder ›Nagelschere‹! Oder ›Weintraube‹...«

Adler schüttelte den Kopf.

»Was du manchmal babbelst! Kein Mensch nennt sein Kind ›Weintraube‹... es sei denn, er ist Winzer. Außerdem finde ich Lilli sehr schön und passen tut's auch!«

»Na schön, insgesamt bin ich ja auch zufrieden! Aber wo wir gerade dabei sind... wie ist es denn mit der Eintracht? Wieso heißt die denn überhaupt so? Und seit wann?«

Adler kratzte sich kurz, während er überlegte.

»Warte mal. Ja, jetzt weiß ich es wieder! Genau genommen, erst seit dem 1. Mai 1920. Wobei sie erstmal ›Sportgemeinde Eintracht‹ hieß und dann später nur noch ›Eintracht‹!«

»Was bedeutet ›Eintracht‹ eigentlich genau?«

»Das bedeutet so was wie wenn alle miteinander zurechtkommen, im Prinzip so was wie ›friedliches Miteinander‹ oder so...«

»Das ist aber schön!«

Lilli lächelte entzückt.

»Ja, wobei man net sagen kann, dass sich da in der Vereinsgeschichte immer alle dran gehalten hätten. Egal, ist ein andres Thema...«

»Okay. Und wie hieß die Eintracht, bevor sie Eintracht hieß?«

Adler kam jetzt ganz nah an die Tischkante. Sein Blick war, soweit das bei einem Papagei möglich war, ernst und besorgt, so als hätte Lilli etwas ganz Schlimmes angesprochen! Vorsichtig drehte er den Kopf nach allen Seiten, als müsse er sich vergewissern, dass ihn niemand hört. Er flüsterte jetzt.

»Darüber möchte ich lieber nicht reden!«

»Okay, Null Null Adler ...«, flüsterte Lilli jetzt zurück, »... und warum nicht?«

»Weil ich mich kaum traue, das zu erzählen!«

»Wieso denn? Wir reden doch nur über Namen. So schlimm kann das doch gar nicht gewesen sein!«

»Hast du 'ne Ahnung! Also gut, pass auf ... Unser Vorgängerverein wurde 1899 gegründet und hieß Victoria! Des war jetzt auch net so der Kracher, aber trotzdem ging das noch. Aber dann gab es im selben Jahr noch einen zweiten Vorgängerverein und ein Typ namens Walter Bensemann hat tatsächlich dafür gesorgt, dass der ...«

Adler schluckte jetzt merklich.

»Ja? Dass der ...?«

»... dass der ...«

»... dass der ..?«

»›Frankfurter Kickers‹ hieß!«

Lilli lachte jetzt laut.

»Also so wie die Kickers aus Offenbach? Ausgerechnet wie ...«

Weiter kam sie nicht, denn Adler hielt ihr mit beiden Flügeln den Mund zu.

»Net so laut! Das muss ja keiner mitbekommen!«

Lilli schob seine Flügel weg und wischte sich ein paar Federn vom Mund.

»Hier ist doch niemand außer uns beiden. Und selbst wenn Opa da wäre ... das wird er ja wohl wissen, oder?«

»Ja, und Gottseidank haben sie ihren Fehler ja auch schnell begriffen und es 1911 schon wieder in ›Frankfurter Fußballverein‹ geändert, bevor dann 1920 ›Eintracht‹ draus wurde!«

»Aber dann ist es doch nicht so schlimm, dass sie mal kurz ›Kickers‹ hießen!«

»Das sagst du in deiner jugendlichen Unbekümmertheit. Aber frag mal deinen Großvater, der versucht das schon sein Leben lang zu verdrängen. Deswegen tu mir einen großen Gefallen Lilli ...«

Adler sah jetzt seiner kleinen Freundin tief in die Augen.

»... sprich ihn nie darauf an! Bitte! Niemals!«

»Sonst?«

»Sonst flennt er! Und das willst du ja net, oder?«

»Nein, natürlich nicht!«

Im Jahre 1899:
Walter Bensemann löst mit der Namensgebung seines gerade gegründeten Fußballvereins in Frankfurt große Gefühle aus…

In diesem Moment hörte man, wie die Wohnungstür aufgeschlossen wurde. Ein angestrengt atmender Bonifaz Paff betrat jetzt das Wohnzimmer, in den Händen mehrere volle Einkaufstüten, die ihm beim Treppensteigen offensichtlich alles abverlangt hatten.

»Na, ihr beiden, von was habt ihr's denn gerade?«

»Och eigentlich ...«

Zum Glück war Adler von Natur aus rot, sonst hätte ihm sein Herrchen jetzt angesehen, dass etwas nicht stimmte.

»Ich hab ihm nur gerade gesagt, dass ich froh bin, dass ich Lilli heiße und nicht ›Weintraube‹...!«

»Genau! Oder ›Nagelschere‹!«, pflichtete Adler übertrieben nickend bei.

»Aha!«

Nachdenklich betrachtete Bonifaz seine Enkelin und den Papagei. Ob die beiden vielleicht doch die eigentlich gut versteckten Pralinen mit der Schnapsfüllung gefunden hatten? Auf jeden Fall würde er sie noch heute woanders deponieren! Oder sie, was noch sicherer war: aufessen!

Fußball-Engel

»... und jetzt hat der Schiedsrichter auch die Nachspielzeit angezeigt! Es gibt vier Minuten oben drauf. Also heißt es noch einmal Zittern und Bangen für die Frankfurter Eintracht, die hier weiterhin mit 2:1 führt!«

Bonifaz' Zähne suchten verzweifelt nach irgendeinem Rest Fingernägel. Allerdings vergebens, denn im Laufe des Spiels hatte er bereits alles abgeknabbert, was es abzuknabbern gab. Lilli saß ihm gegenüber auf dem Sofa und beobachtete ihn kopfschüttelnd. Nicht, dass sie nicht auch aufgeregt war wegen des Spiels. Aber dass ihr Opa Fingernägel kaute, mochte sie trotzdem nicht. Genauso wenig wie sie verstehen konnte, dass ein erwachsener Mann neben einem Radio saß und es mit aufgerissenen Augen anstarrte, als wollte er beeinflussen, was es da zu hören gab. Und der mittendrin immer wieder aufstand, kopfschüttelnd durch's Wohnzimmer lief und Sätze murmelte wie: »Das wird nichts, die fangen noch einen, ich weiß es!« Oder: »Hör zu da oben, sei nett und gib uns die drei Punkte, wir brauchen die ehrlich dringender als alle anderen!«

Und auch dass seine buschigen Augenbrauen mittlerweile regelrechte Krater aufwiesen, weil er sich gedankenverloren ein Haar nach dem anderen ausgerissen hatte, löste bei Lilli nicht gerade Begeisterung aus. Wobei das heute nichts gegen dieses Spiel vor ein paar Jahren war, als es für die Eintracht gegen Wolfsburg darum gegangen war, sich doch noch für die Europa-League zu qualifizieren. Da hatte er nämlich vor ihren Augen einen Bleistift vom Schreibtisch genommen, sich den in den Mund gesteckt und dann versucht, ihn mit einem Feuerzeug anzuzünden! Dass Menschen bei Nervosität gerne auf Stiften herumkauen, wusste sie spätestens seit sie zur Schule ging! Bei schwierigen Klassenarbeiten hatten eigentlich alle immer einen Kugelschreiber oder

Füller im Mund. Aber einen Stift rauchen? Spätestens als der angefangen hatte zu kokeln, war sie davon ausgegangen, dass er jetzt doch hätte merken müssen, was er da machte, aber stattdessen hielt er immer wieder und wieder hektisch das Feuerzeug an das eine Ende des Stiftes, um parallel dazu am anderen zu ziehen. Dann hatte plötzlich einer der Radio-Reporter verkündet, dass bei einem anderen Spiel ein Tor gefallen war, das der Eintracht anscheinend auch helfen würde. Worauf sich bei seinem darauffolgenden Jubelschrei mit hochgerissenen Armen der mittlerweile brennende Stift aus seinen Fingern gelöst hatte, in Richtung des auf dem Radio sitzenden Papageis geflogen war, dessen Schwanzfeder daraufhin sofort Feuer gefangen hatte. Nur Adlers Reaktionsschnelligkeit und ein beherzter Sturzflug ins Aquarium hatten letztendlich Schlimmeres verhindert.

Ja, wenn Bonifaz Spiele der Eintracht im Radio verfolgte, musste man auf der Hut sein!

Sehr zu ihrer Erleichterung verkündete der Mann im Radio kurz darauf, dass das Spiel vorbei sei und die Eintracht, wenn auch etwas glücklich, als Sieger den Platz verlassen hätte. Mit einem lauten Seufzer ließ sich Bonifaz in seinen großen alten Sessel fallen, nicht ohne kurz nach oben zu schauen und sich dabei leise bei irgendjemandem über ihm zu bedanken.

Skeptisch beobachtete ihn Lilli. Diese komischen Verhaltensweisen musste sie unbedingt mal mit ihm besprechen, je eher, umso besser! Es ging doch nicht, dass er sich jedes Mal im Zoo vorm Affenkäfig über die Schimpansen und Orang-Utans kaputtlachte, aber keinen Deut besser verhielt, sobald ein Fußballspiel lief!

Da Wochenende war, durfte sie nach dem Abendessen noch eine ganze Zeit lang mit Adler und ihm fernsehen. Das war zwar etwas anstrengend, weil Bonifaz auch die fünfte Zusammenfassung des Bundesliga-Spieltages anschauen, Adler hingegen lieber eine Dokumentation über das Jagdverhalten von Greifvögeln in Finnland sehen wollte. Weswegen ungefähr zweihundertmal hin und her geschaltet wurde.

Aber auch solche Abende gingen vorüber und irgendwann lag sie in ihrem Bett. Wie immer nahm Bonifaz nochmal kurz neben ihr auf einem ziemlich kleinen Stuhl Platz, der unter seinem mächtigen Körper fast zu verschwinden schien.

»So Lilli, dann schlaf gut und träum was Schönes!«

»Noch nicht gehen, ich muss dich noch was fragen, Opa!«

»Was denn?«

Er hatte mitten in der Aufstehbewegung inne gehalten und stand nun halb gebückt neben ihrem Bett.

»Setz dich erst mal wieder hin, so bekommst du sonst ruckzuck wieder einen Bandscheibenverfall!«

»Vorfall! Es heißt ›Bandscheibenvorfall‹!«

»Egal, ist beides blöd!«

»Was ist denn noch so wichtig?«

»Naja, ich hab dich heute beobachtet. Beim Radiohören. Und da ist mir eingefallen, wie du mal versucht hast, diesen Stift zu rauchen! Weil die Eintracht dieses wichtige Spiel hatte.«

Bonifaz kratzte sich verlegen am Kopf.

»Ja, aber das ist ja schon Ewigkeiten her!«

»Komisch, dass ich mich als Achtjährige trotzdem noch dran erinnern kann!«

»Na schön, auf was willst du denn hinaus?«

»Ich frag mich, warum ein Erwachsener so was macht! Oder Nägelkauen! Oder sich die Augenbrauen ausreißen, ohne es zu merken! Ich mein, ich weiß ja, dass Fußball-Fans ab und zu mal spinnen. Und ich selbst bin ja auch immer sauer, wenn die Eintracht verliert und happy, wenn sie gewinnt! Aber manchmal denke ich, dass keiner so schlimm ist wie du!«

»Das stimmt nicht! Mein Kumpel Werner ist noch schlimmer!«

»Ach ja?«

»Ja, der war bei diesem Drama damals in Rostock dabei! Direkt nach dem Schlusspfiff ist er ins Auto gestiegen und vor lauter Zorn dermaßen schnell nach Hause gerast, dass er unterwegs sechsmal geblitzt worden ist! Sechsmal!«

Was es mit diesem Spiel in Rostock auf sich hatte, wusste Lilli mittlerweile von Adler. Da hatte die Eintracht damals im letzten Spiel noch die Deutsche Meisterschaft vergeigt, es hatte irgendeinen Elfmeter nicht gegeben, jemand hatte nach dem Spiel eine Fernsehkamera kaputtgetreten und in ganz Hessen hatten sie danach tagelang geheult. Aber das war erstens schon lange her und zweitens ging es jetzt um etwas Anderes.

»Das ist zwar auch komisch, aber schlimmer als dein Stiftrauchen finde ich das nicht!«

»Ist es aber! Weil es nämlich gar nicht sein eigener Wagen war!«

»Wem hat er denn dann gehört?«

»Keine Ahnung! Der stand da zufällig mit laufendem Motor, also ist er reingesprungen und losgebrettert!«

»Dann hat er das also geklaut?«

»Wenn man es genau nimmt, ja. Aber die Wahrheit ist, dass er nach dem Spiel so durcheinander war, dass er gar nicht mehr gewusst hat, was er da macht!«

»Naja, dafür haben sie ihm ja sicher zur Strafe den Führerschein abgenommen. Bei sechsmal blitzen!«

»Ehrlich gesagt, nein ...«

»Was?! Warum nicht?«

»Weil er gar keinen Führerschein gehabt hat!«

»Aber er ist doch Auto gefahren!«

»Ja, da siehst du mal, wie sehr den das mitgenommen hat!«

Lilli legte jetzt den Kopf leicht schief.

»So, so ...«

Konnte es sein, dass ihrem Opa da gerade ein leichtes Grinsen übers Gesicht gehuscht war?

Lilli überlegte.

»Wie wird man eigentlich überhaupt Fan?«

»Wie meinst du das denn?«

»Ich meine, wieso sind wir beide zum Beispiel Eintracht-Fans? Oder der Bruder von meiner Freundin Alex Fan von Dortmund? Das muss man doch irgendwie werden.«

Erst jetzt setzte sich Bonifaz wieder auf den Stuhl zurück, was den Signalen im Bandscheibenbereich zufolge auch allerhöchste Zeit wurde.

»Da hast du recht Lilli, das wird man nicht zufällig. Dafür gibt es höhere Gründe!«

Dabei zeigte Bonifaz mit dem Finger nach oben.

»Was sind denn ›höhere Gründe‹?«

»Davon spricht man immer dann, wenn die Götter ins Spiel kommen!«

»Ach ja? Ich wusste gar nicht, dass es mehrere Götter gibt. Ich dachte immer, es gibt nur einen. Den lieben Gott!«

»Natürlich gibt es mehrere! Der liebe Gott ist zwar der Chef, aber der kann sich ja nicht um alles kümmern. Deswegen gibt es zum Beispiel ...« Bonifaz kratzte sich erneut am Kopf, »also deswegen gibt es zum Beispiel den Wetter-Gott, der für's Wetter zuständig ist! Oder den Wald-Gott, der kümmert sich nur um die Wälder!«

»Davon hab ich noch nie was gehört!«

»Stimmt aber! Oder nimm mal den ... den ... Meerschweinchen-Gott, der ist ausschließlich für ...«

»... die Meerschweinchen zuständig! Alles klar, Opa! Und wenn du mal wieder deine Fernbedienung vom Fernseher suchst, dann sorgt wahrscheinlich der Fernbedienungs-Gott dafür, dass du sie plötzlich hinterm Sofa findest!«

»Ja, hab ich zwar noch gar nicht so genau drüber nachgedacht aber so wird's sein, klar! Eigentlich gibt es für fast jeden Bereich auf der Welt einen eigenen Gott.«

»Auch für Durchfall?«

Er grinste.

»Weiß ich nicht. Wer will schon Gott des Durchfalls werden?«

»Und jetzt willst du mir weismachen, dass es natürlich auch einen Fußball-Gott gibt!«

»Na, das weiß man doch!«

»Aha! Und der sorgt dafür, wer von welchem Verein Fan wird?«

»Genau so sieht's aus! Der Fußball-Gott bestimmt, wer welchen Verein gut findet, wer Deutscher Meister wird, wer im Spiel Pech oder Glück hat, welcher Spieler die Blutgrätsche machen darf und welcher sie abbekommt, wer zum Helden oder vom Platz getragen wird. Er bestimmt, was im Fußball wie läuft!«

»Dann lebt der Fußball-Gott bestimmt in München, so oft wie die gewinnen!«

»Also zumindest ist da seine Zentrale!«

»Und wie macht er das mit dem Fan-Sein jetzt genau?«

»Na mit Hilfe seiner Fußball-Engel!«

»Fußball-Engel?«

»Ja genau! Die schickt er jeden Abend runter auf die Erde und je nachdem, wo welcher Engel landet, entscheidet sich das mit dem Fan-Sein.«

Ungeachtet der Tatsache, dass sie ihm kein Wort glaubte, war Lilli trotzdem gespannt, wie die Geschichte weiterging.

»Also«, fuhr Bonifaz fort, »oben im Himmel beim Fußball-Gott gibt es eine Art Heim für Fußball-Engel. Dort leben genau so viele Engel wie es Fußball-Vereine auf der Welt gibt, und jeder Engel ist für einen davon zuständig. Besonders interessant ist, dass im Gegensatz zu normalen Engeln die Flügel von denen immer die Farben von den Clubs haben, für die sie eingeteilt worden sind ...«

»Klar!«

Lilli versuchte jetzt ganz ernst zu gucken, was ihr allerdings nur begrenzt gut gelang. »Wenn also einer für Schalke 04 zuständig ist, dann hat er blaue Flügel, bei Dortmund hat er gelbe, der Leverkusen-Engel hat rote usw.«

»Und der von Leipzig hat silberblaue Flügel, auf denen groß Red Bull steht, gell?!«

Er stutzte und überlegte kurz.

»Ja, kann sein. Jedenfalls fliegen die jeden Abend runter auf die Erde, gucken, wo gerade kleine Kinder schlafen, die noch von keinem Verein Fan sind, zu denen setzen sie sich auf's Bett und streuen ihnen kleine Fanperlen auf den Kopf!«

»Fanperlen?«

»Ja!«

»Natürlich auch in den Vereinsfarben!«

»Richtig! Und dazu singen sie ihnen die jeweilige Vereinshymne ins Ohr. Dann verschwinden sie wieder! Und wenn die Kinder dann morgens aufwachen, sind sie auf einmal Fan von einem Verein. So einfach ist das ...«

»Jetzt verstehe ich! Also sind wir beide von einem Engel mit rotschwarzen Flügeln besucht worden!«

»Na, gottseidank! Stell dir vor, dich hätte der Engel von Hanau 93 besucht? Oder vom SC Lämmerspiel!«

»Lämmerspiel! Das ist ja ein goldiger Name!«

»Ja, spielen aber trotzdem Kreisklasse!«

»Das klingt alles jedenfalls total logisch, Opa!«

»Isses ja auch!«

Schon schoss Lilli unter der Bettdecke hervor, legte ihre Arme um seinen Hals, küsste ihn innig auf die Backe, um dann in lautschallendes Gelächter auszubrechen.

»Da bin ich aber froh, dass du mir das alles mal richtig erklärt hast! Jetzt sag ich auch nichts mehr, wenn du wieder Fingernägel kaust oder Stifte rauchst! Weil du ja gar nichts dafür kannst!«

»Kann ich auch nicht! Das war der Fußball-Engel! Und jetzt wird geschlafen.«

»Gleich. Eine Frage hab ich noch ...«

»Ja?«

»Sind Fußball-Engel eigentlich immer jung? Oder gibt es auch welche, die schon älter sind und manchmal Probleme mit der Bandscheibe haben?«

»Woher soll ich das wissen? Nacht Lilli!«

»Nacht Opa!«

Ballett

Natürlich gibt es gewisse Unterschiede zwischen einem Fußballtrikot und einem Tutu. Genauso wie es gewisse Unterschiede zwischen Fußballschuhen und Ballettschläppchen gibt. Aber wenn man sich in beidem wohlfühlt, machen einem diese Unterschiede nicht wirklich etwas aus.

»Das ist ein bisschen so, wie wenn man Christstollen genauso gerne isst wie Kalbsleberwurst. Da merkt man auch keinen Unterschied. Ich kann sogar beides zusammen essen!«

So oder ähnlich erklärte Lilli ihren Mitmenschen immer wieder mal ihre zweite große Leidenschaft: das Ballett! Um jedes Mal im nächsten Moment verlegen zu betonen, dass sie als gefürchtete Außenverteidigerin selbstverständlich wisse, dass dies ja eigentlich nur was für sehr mädchenhafte Mädchen sei, und sie das natürlich nur mache, damit sie noch beweglicher würde.

Aber wenn man sie dann sah, wie sie mit glänzenden Augen zu den Anweisungen ihrer Tanzlehrerin das linke Bein kerzengerade nach oben reckte, wie sie sich, beide Arme zum Oval bildend, im Kreis drehte und vor Freude beinahe platzte, durfte man davon ausgehen, dass das hier in ihrer persönlichen Reihenfolge besonders schöner Dinge ziemlich direkt hinter der von ihren Gegnern so gefürchteten »Blutgrätsche« kam!

Natürlich mochte Bonifaz diese Seite von Lilli, denn auch wenn ihn ihre Fußballkarriere stolz machte, so konnte er nicht abstreiten, dass ihn diese etwas mädchenhaftere Seite an ihr doch irgendwie beruhigte.

Leise und unbemerkt hatte er sich deswegen an diesem Dienstagnachmittag mal wieder heimlich in das Ballettstudio geschlichen, um seiner Enkelin beim Training zuzuschauen!

Wie immer stand Lilli in ihrem zartlilafarbenen Tutu, den lila Schläppchen und den lila Stulpen stolz wie eine Prinzessin vor dem großen Spiegel und der langen Ballettstange und folgte hochkonzentriert den Anweisungen von Frau Else Strutz. Der Trainerin, die mit strengem Blick kontrollierte, ob ihre kleinen Schülerinnen auch ja die nötige Ernsthaftigkeit und Grazie an den Tag legten, die es nun mal brauchte, wenn man irgendwann eine große Primaballerina werden wollte. Bonifaz hatte sich wie gewohnt auf der kleinen Holzbank niedergelassen, um von dort aus, gut versteckt hinter ein paar Müttern und Omis, dem Ballettunterricht zuzuschauen. Hier hatte er schon ein paar Mal gesessen und nie hatte Lilli ihn bemerkt. Lächelnd betrachtete er ihr konzentriertes Gesicht im Spiegel.

Aber plötzlich geschah etwas Merkwürdiges. Er blinzelte mit den Augen. Was war denn das? Mit einem Male verschwamm nämlich Lillis Spiegelbild und statt ihr erschien plötzlich jemand anderes. Ein junger Mann in einem roten Trikot, mit dunkler Haut-

farbe und schwarzen Haaren, der, umgeben von jeder Menge anderen Fußballern, im gegnerischen Strafraum zwar auch einen Tanz aufführte, allerdings etwas anderer Art als der seiner Enkelin. Mit großen und dann wieder kleinen Schritten bewegte er sich und den Ball von rechts nach links, dann wieder von links nach rechts usw. Und jedesmal, wenn er das machte, rutschten seine weißgekleideten Gegenspieler auf dem Boden hilflos hin und her wie auf Seife. Fünfmal wechselte er, den Ball an seinen Füßen anscheinend festklebend, die Laufrichtung, bis er schließlich offensichtlich keinen Spaß mehr an diesem Tänzchen fand und deswegen das Leder mit einem satten Schuss ins lange Eck beförderte. Übrigens sehr zum Missfallen des blonden Torhüters, der vergeblich versucht hatte, genau dieses zu verhindern, stattdessen jetzt aber kopfschüttelnd auf dem Boden lag und so aussah, als würde er gleich vor lauter Zorn in den Rasen beißen.

»Ja, da guckst du Oliver Kahn, gell? Den hast nicht mal du halten können«, rief Bonifaz laut, um dann schallend zu lachen. Allerdings nur kurz, denn just in diesem Moment wurde aus dem tanzenden Eintracht-Spieler wieder seine kleine Lilli, die ihn genau so fragend anschaute wie die Frauen neben ihm, von Frau Strutz ganz zu schweigen. Schon kam Lilli zu ihm rübergelaufen.

»Was machst du denn hier, Opa? Seit wann schaust du mir schon zu? Und wer ist Oliver Kahn?«

Verlegen kratzte er sich am Kopf. Mal wieder hatte ihm dieser rotschwarze Teil in seinem Gehirn einen Streich gespielt. Klar würde keiner, der damals im August 1993 dieses Tor von Jay Jay Okocha gegen Karlsruhe gesehen hatte, das je vergessen können. Wie er für alle Zuschauer, aber auch seine Mitspieler und seinen Trainer (»Schieß doch endlich!«) eine gefühlte Ewigkeit mit unberechenbaren Zickzack-Bewegungen sämtliche Gegenspieler hatte stehen lassen wie hilflose Statisten, um dann auch noch den großen Olli Kahn zu überlisten. Ausgerechnet den!

Trotzdem war es ihm peinlich, dass diese Szene gerade jetzt

hier in seinen Kopf geschossen war, während er seine kleine, bezaubernde Lilli strahlend zur Musik hatte tanzen sehen.

»Ich … ich war in Gedanken. Des passiert bei alten Kerlen wie mir manchmal. Tschuldigung …«

»Des kenn ich!«, nickte ihm eine der Mütter freundlich zu, »mein Vadder brüllt manchmal auch so aus'm Nichts wie 'en Bekloppte und weiß im nächsten Moment schon net mehr, warum. Ganz zu schweische davon, dass er manchmal nachts nur in de Unnerhos spazieren geht …«

Nun, ganz so schlimm war es bei ihm dann doch wieder nicht. Und genau genommen, so beruhigte er kurz drauf sein Gewissen, war es ja der mit Abstand berühmteste Tanz der gesamten Eintracht-Geschichte! Und das würde Lilli ihm nachsehen, wenn er ihr alles auf dem Nachhauseweg erklären würde. Ja, vielleicht wäre sie sogar ein klitzekleines bisschen stolz, dass ausgerechnet sie ihn daran erinnert hatte …!

Tetra Pak

Von Glückseichen und pechbringenden Wurstverkäufern

Es war mitten in der Nacht, als Lilli irgendwas aus dem Schlaf riss. Hatte da jemand gerade »Tor!« gerufen? Um die Uhrzeit lief doch gar kein Spiel mehr! Müde aber neugierig kletterte sie aus dem Bett, um nachzuschauen, woher diese Geräusche denn wohl kamen. Als sie kurz drauf unbemerkt die Küche betrat, war schnell klar, wer für den Lärm verantwortlich war: ihre beiden Mitbewohner! Adler stand mit ausgebreiteten Flügeln auf dem Tisch, hinter ihm ein auf der Seite liegender Schuhkarton und vor dem Tisch stand Bonifaz, der gerade einen alten Tennisball in die Luft warf, um ihn dann in Richtung des Kartons zu köpfen. Offensichtlich war der eine Art Tor und Adler der dazugehörige Keeper! Nur, dass er sich in dem Moment, in dem der Ball auf sein Tor zugehoppelt kam, genau in die falsche Ecke warf, sodass der Ball im Kasten landete.

»Jawoll! 6:0 durch Meier!«, jubelte Bonifaz, um sich dann mit Adler abzuklatschen, der sich erstaunlicherweise genauso über das Gegentor freute wie der Torschütze selbst.

»Was macht ihr denn hier? Wisst ihr eigentlich, wie spät es ist?«, rief Lilli, worauf sich beide erschrocken zu ihr umdrehten. Wie Schulbuben, die gerade eine Fensterscheibe eingeworfen hatten, schauten sie verlegen zu Boden.

»Ähm, wir spielen die Partie morgen gegen Augsburg schon mal durch …«

»Was macht ihr?«

»Ja, Adler ist der Augsburger Torwart und ich bin die Eintracht!«

»Ich versteh nur Bahnhof.«

Fragend schaute sie die beiden an.

»Habt ihr Alkohol getrunken?«

»Nix Alkohol! Das soll Glück bringen!«, erklärte ihr Adler.

»Wie denn das?«

Lilli setzte sich jetzt auf einen der Küchenstühle.

»Naja, wenn wir hier schon mal das Spiel so spielen, dass die Eintracht gewinnt, dann hilft das vielleicht, dass sie morgen tatsächlich siegt!«

»Jetzt versteh ich es langsam. Deswegen hast du den Ball auch absichtlich reingelassen. Ihr macht das aus Aberglauben, stimmt's?«

»Ja, so kann man's sagen.«

»Und das nutzt was?«

»Natürlich net immer, aber manchmal schon.«

Bonifaz kratzte sich verlegen am Kopf.

»Ehrlich gesagt ist das hier noch harmlos gegen das, was meine Kumpel und ich früher vor Spielen alles so veranstaltet haben!«

»Da bin ich aber gespannt. Erzählen Sie mal, Herr Pfaff ...«

Wie Lilli da so saß und ihn mit fast strengem Blick erwartungsvoll anschaute, kam er sich ganz kurz ein bisschen vor wie vor Gericht.

»Also wenn die Eintracht samstags ein Heimspiel hatte, haben wir, also meine vier besten Kumpel und ich, uns immer in Neu-Isenburg am Bahnhof getroffen. Und zwar immer genau um 14 Uhr 44!«

»Aha! Und wenn einer zu spät kam?«

»Ist nie passiert! Weil jeder wusste, dass das Pech bringen würde!«

»Klar! Und weiter?«

»Dann sind wir nebeneinander losgelaufen, den Weg durch den Wald zum Stadion. Und zwar immer in der gleichen Konstellation!«

»Was bedeutet das denn?«

»Dass jeder einen festen Platz hatte. Ich bin immer als Zweiter von rechts gelaufen.«

Lilli musste jetzt lachen.

»Und wenn euch jemand entgegengekommen ist und der Weg zu eng wurde?«

»Dann haben wir uns schnell hintereinander gestellt und sind dann weitergelaufen. Bis zum Stadion. Dort ging's als Erstes zur Glückseiche.«

»Zu was?«

»Zur Glückseiche! Das war eine Eiche, ein paar Meter im Wald neben dem großen Parkplatz. Also genau genommen, siebeneinhalb Schritte …«

Bonifaz zögerte kurz, ob er weitererzählen sollte.

»Und dann?«

»Naja, da haben wir dann jeder mal … du weißt schon …«

»Nein, weiß ich nicht!«

»Da haben wir dann alle mal kurz Wasser gelassen.«

»Du meinst ›gepinkelt‹? Ihr habt alle an denselben Baum gepinkelt?«

»Ja, und auch das in einer festen Reihenfolge. Ich war immer Vorletzter!«

»Und wieso ausgerechnet an den?«

»Weil ich da Jahre vorher mal zufällig drangepieselt habe und die Eintracht danach 9:2 gegen Bremen gewonnen hat. Von dem Tag an wusste ich: das ist die Glückseiche!«

»Für euch vielleicht! Die arme Eiche hat das bestimmt anders gesehen. Und dann?«

»Dann ging's zum Stand von ›Bratwurst-Walter‹. Also zu dem neben der Brücke. Weil der Bratwurst-Walter hatte ja mehrere Stände rund ums Stadion, aber wir sind immer nur zu dem einen.«

Lillis Blick verriet ihm, dass sie mit allem rechnete und er sich keine Mühe machen musste, irgendwas nicht zu erzählen oder zu beschönigen.

»Und da haben wir dann jeder eine rote Wurst gegessen …«

»Lass mich raten. Natürlich in einer bestimmten Reihenfolge!«

»Ja klar, in derselben wie bei der Eiche! Wobei dort immer zwei Verkäufer standen, wir aber immer nur bei dem mit der Glatze gekauft haben. Als uns nämlich mal der mit den schwarzen Haaren bedient hat, haben wir danach gegen Karlsruhe verloren!«

»Verstehe! Zu so 'nem gefährlichen Typen wäre ich auch nicht mehr hin!«

»Genau! Dann hat jeder zwei Schuss Senf auf seinen Pappteller gespritzt und einen Schuss Ketchup. Danach wurde dreimal in die Wurst gebissen, zweimal mit Senf, einmal mit Ketchup ... dann ins Brötchen. Den Rest durfte man natürlich nicht aufessen, sondern musste ihn zusammen mit dem Pappteller und den Servietten in den Papierkorb links vom Stand werfen.«

»Weil der rechts vom Stand auch Pech gebracht hätte!«

»Was heißt ›hätte‹? Ich sag nur 0:6 gegen Hamburg 1991!«

»Wegen des rechten Papierkorbs. Logisch!«

»Dann sind wir jedenfalls über die Brücke gelaufen, haben genau auf der Mitte die Arme von uns gestreckt, ganz laut gegähnt und uns anschließend am Allerwertesten gekratzt.«

»Was? Wieso das denn?«

»Weil das einer von uns mal zufällig vor dem Heimsieg gegen Bayern gemacht hat!«

Lilli schüttelte lachend den Kopf.

»Wobei man die Arme nicht ganz ausstrecken durfte, nur so halb angewinkelt. Guck, so!«

Bonifaz führte ihr jetzt vor, in welcher exakten Armstreckhaltung man auf der Brücke hatte gähnen dürfen.

»Jetzt siehst du aus wie Angela Merkel beim Torjubel!«, lachte Lilli.

»Dann sind wir durch das Eingangstor links und haben uns von dem Kartenkontrolleur mit dem Zopf die Karten abreißen lassen. Das war quasi unser Glückskartenabreißer! Wobei der einmal vorm Spiel gegen Hertha am rechten Tor stand, was uns total verunsichert hat!«

»Seid ihr dann trotzdem durchs linke oder bei ihm durch?«

»Erstmal weder noch. Wir haben ihn gefragt, ob es ihm was ausmachen würde, wenn er mit dem Kontrolleur am linken Tor tauscht!«

»Und?«

»Hat er nicht gemacht. Also haben wir umgedreht und sind unten über die Schnellstraße gerannt, um dann durch einen ganz anderen Eingang ins Stadion zu kommen. War uns einfach zu unsicher!«

»Das kann ich gut verstehen. Und bestimmt hat die Eintracht an dem Tag verloren, stimmt's?«

»0:5! Und der mit dem Zopf war dran schuld. Naja, um das abzukürzen … dann sind wir in den G-Block, haben uns auf unseren Stammplatz gestellt und unsere Fanlieder gesungen.«

»In derselben Reihenfolge, schon klar!« Lilli nickte verständnisvoll.

»Und bestimmt auch immer in derselben Tonart!«, murmelte jetzt Adler, der bislang nur still zugehört hatte.

»Ja, und so war das jeden Samstag vor den Heimspielen ...«

»Und auf dem Rückweg?«, wollte Lilli jetzt wissen, »habt ihr da auch so Sachen gemacht?«

»Nee, da war ja schon alles entschieden!«

»Und die Eintracht hat wirklich immer gewonnen, wenn ihr an die Glückseiche gepullert habt?«

»Das nicht. Aber wir haben uns gesagt, wenn wir das nicht machen, bekommt sie auf jeden Fall 'ne Packung. Es erschien uns irgendwie sicherer ...«

»Gibt's die Glückseiche eigentlich noch?«

»Nee, ist irgendwann eingegangen. Keine Ahnung warum ...«

Lilli nickte jetzt.

»Verstehe. Und bei Auswärtsspielen? Da konntet ihr ja wahrscheinlich kein Glück bringen, oder?«

»Doch natürlich! Die haben wir nämlich immer im Radio gehört. Genau dieselben fünf Jungs wie bei den Heimspielen. Punkt 14 Uhr 46 haben wir uns bei mir getroffen, alle hatten feste Sitzplätze rund ums Radio, ich hab es eingeschaltet und dann hat der Bernd den Lautstärkeknopf immer genau auf Stufe vier gedreht. Dann ...«

»Ist gut, Opa, den Rest kann ich mir vorstellen! Brauchst nicht weiterzuerzählen! Außerdem bin ich müde!«

»Na gut. Reicht ja auch für heute.«

»Find ich auch. Hab ich euch eigentlich eben unterbrochen oder seid ihr mit euren Vorbereitungen für das Spiel morgen fertig?«

»Nee, wir sind eigentlich soweit fertig.«

»Dann kann ich ja wieder einschlafen, ohne dass mich jemand aus meinen Träumen schreit. Gute Nacht, ihr beiden ...« Sie grinste. »... Glücksbringer!«

»Gute Nacht, Lilli«, antworten Bonifaz und Adler im Chor.

Nachdem sie die Küche verlassen hatte, war es für einen Moment ganz still im Raum. Abwartend schauten beide auf die geschlossene Tür. Erst als nach gut fünf Minuten klar war, dass Lilli nicht nochmal reinkommen würde, holte Adler den Ball aus dem Karton und rollte ihn zu Bonifaz.

»Ich glaube, ein Tor sollten wir noch nachlegen.«

Bonifaz schaute ihn unsicher an.

»Meinst du?«

»So gut, wie Augsburg zur Zeit drauf ist ...«

»Du hast recht! Sicher ist sicher ...!«

Schon hüpfte Adler vor den Schuhkarton, während Bonifaz den Tennisball in die Luft warf ...

Die »Annern«

»... vielleicht wär alles einfacher, wenn die weiter weg wären ...«

Lilli war nicht sicher, ob Bonifaz gerade mit ihr oder eher mit sich selbst sprach. Was durchaus vorkam, vor allem wenn er mit etwas beschäftigt war, das ihm seine ganze Konzentration abverlangte. So wie jetzt beim Autofahren. Was er zwar nach wie vor gerne tat, ihn aber manchmal irgendwie mehr anstrengte als früher. Besonders an späten Nachmittagen wie diesem, wenn die Straßen rund um die Stadt wegen des Berufsverkehrs vor Fahrzeugen förmlich überquollen. Natürlich wusste er, dass das eine echt blöde Zeit zum Autofahren war. Aber Lilli hatte mit ihrer Mannschaft in Darmstadt ein Freundschaftsspiel gehabt, und richtige Fans verpassen nun mal keine Partie ihrer Lieblings-Fußballerin! Also hatte er sie hingefahren, was zur Folge hatte, dass er sie jetzt auch wieder zurückfahren musste. Wobei fahren nicht ganz der passende Begriff war, da sie bereits seit fast 15 Minuten auf ein und derselben Stelle standen, nämlich der rechten Spur der A661, mit Blick auf den unter ihnen liegenden Kaiserlei-Kreisel.

»Wen meinst du denn mit ›die‹?«, fragte Lilli vorsichtig.

»Na, die da!« Dabei nickte er mit dem Kopf nach rechts. »Oder wie mein Kumpel Werner immer sagt: ›die Annern‹!«

»Du meinst die Offenbacher?«

»Ja, die mein ich. Und dass vielleicht alles nicht so komisch wäre, wenn die nicht so nah an uns dran wären!«

»Das verstehe ich nicht, wieso sollen die denn weiter weg sein? Das ist doch ihre Stadt und da wohnen sie, so wie wir in Frankfurt wohnen.«

»Genau das ist ja das Problem! Es muss ja irgendeinen Grund geben, warum sich Frankfurter und Offenbacher nicht leiden können! Das gab's ja schon in der Antike, dass sich irgendwelche

Völker die Birne eingehauen haben, nur weil sie Nachbarn waren. Vielleicht liegt's einfach nur daran, dass wir zu dicht beieinander wohnen.«

»Ist das wirklich so schlimm?«

»Früher beim Fußball war das manchmal schon nicht mehr lustig, wie manche drauf waren. Wie das heute ist, wenn man als Frankfurter dahin fährt, weiß ich nicht, ich war ja schon ewig nicht mehr dort...«

»Wie lange denn nicht mehr?«

»Es letzte Mal in Offenbach war ich...« Er überlegte, »...ich glaube 1984!«

»Was? Wieso das denn?«

»Eija, weil sie da zum letzten Mal in der Bundesliga gegeneinander gespielt haben. Danach dann nicht mehr, nur noch im Pokal!«

»Warum?«

»Weil die Kickers seitdem immer ein paar Ligen drunter gespielt haben. Bis heute ist das so.«

Lilli wartete auf ein Grinsen oder ähnliches, das verdeutlichen würde, dass ihn freute, was er da gerade sagte. Aber Bonifaz' Gesichtsausdruck blieb erstaunlicherweise ernst.

»Das mag komisch klingen, aber ich find's gar nicht gut, dass das so ist. Derbys waren früher immer absolute Highlights! So was vergisst du nicht! Das waren einfach keine normalen Spiele! Weil bei jedem Derby immer so viel Zündstoff drin war, dass du damit die komplette Sahara hättest wegsprengen können!«

Lilli musste jetzt laut lachen.

»Wieso sollte man denn ausgerechnet eine Wüste wegsprengen? Das macht doch gar keinen Sinn!«

»War ja nur als Vergleich gedacht. Jedenfalls gab und gibt es nichts, was die Leute hier mehr aufregt, als wenn die Eintracht gegen die Kickers spielt! Glaub mir, für einen Frankfurter ist eine

Niederlage im Derby schlimmer als ein Blitz, der in seinem Haus einschlägt!«

»Und für einen Offenbacher nicht?«

»Doch, für den genauso! Das ist für beide Seiten die absolute Härte. Das wichtigste Derby von allen war übrigens das 1959. Da haben wir sie nämlich im Endspiel um die Deutsche Meisterschaft in Berlin 5:3 besiegt. Das muss man sich mal vorstellen! Da wird die Eintracht ein einziges Mal in ihrer Vereinsgeschichte Deutscher Meister ... und dann gegen die Kickers! Ich kenn ein paar ältere Herrschaften, für die ist das immer noch das Allergrößte, woran sie sich erinnern können! Und zwar noch vor der Mondlandung und dem Mauerfall! Für die ist Eckehard Feigenspan bis heute ihr Held!«

»Wer ist das denn?«

»Der hat in dem Spiel drei Tore gemacht! Seitdem ist er in Frankfurt unsterblich!«

Verständnislos schüttelte Lilli den Kopf. Es fiel ihr schwer nachzuvollziehen, warum sich Menschen nicht leiden konnten, nur weil sie nah beieinander wohnten. Mit den meisten Leuten in der Nachbarschaft kam sie eigentlich gut klar, von der alten Hexe zwei Häuser weiter, die den ganzen Tag lang alle vorbeilaufenden Passanten beschimpfte, mal abgesehen.

»Der Schlimmste war Erwin Kostedde! Der hat in den 70er Jahren bei denen gespielt. Vor dem hatten wir Schiss bis zum Anschlag! War so'n wendiger, quirliger Stürmer, der hat sogar Tore mit'm Allerwertesten reingemacht. Vom Gefühl her, würde ich sagen, hat er mindestens hundert Mal gegen uns getroffen!«

»Und bestimmt immer mit dem Hintern! Schon klar!«

Lilli nickte verständnisvoll.

»Das war übrigens der erste farbige Spieler, der es in die Nationalmannschaft gepackt hat. Zurecht! Wir haben vor jedem Derby gebetet, dass er sich verletzt und nicht spielt!«

»Das war aber nicht sehr nett!«

»Ja, aber dafür ehrlich! Der war einfach zu gut!«

»So, so! Gab es eigentlich auch mal einen, der bei den Kickers UND der Eintracht gespielt hat?«

Bonifaz räusperte sich verlegen. »Ja gab's ...«

»Ach! Und wer war das?«

»Uwe Bein und Ralf Weber waren die ersten. Und später dann Sebastian Rode.«

»Wow! Der dann zu den Bayern gegangen ist?«

»Ja, genau.«

»Und wer ist der allerberühmteste Kickers-Spieler?«

»Lilli, ich bin Eintracht-Fan. Hör doch mal auf, mich dauernd zu den Kickers zu befragen!«

»Also ... wer?«

»Na schön ... ich würde sagen ... Rudi Völler!«

»Den kenn ich! Das ist der mit den schönen weißen Haaren! Der war doch sogar mal Nationaltrainer! Hm, da sind die Kickers bestimmt stolz, dass sie auch ein paar berühmte Spieler hatten, gell?«

Bonifaz musste jetzt grinsen. Denn genau dazu fiel ihm eine Geschichte ein, die zwar schon ein paar Jahre zurücklag, die man sich in Frankfurt aber auch heute noch immer wieder gerne mal erzählte ...

Lilli warf jetzt einen nachdenklichen Blick auf das, was sie von hier oben in der hereinbrechenden Dunkelheit von Offenbach noch sehen konnte.

»Ich weiß nicht, ich find euer ganzes Theater wegen Frankfurt und Offenbach irgendwie komisch. Ich mein, wenn Kinder so albern drauf sind ... aber Erwachsene ...«

»Als ob das ein Argument wär! Ich kann mich noch erinnern, wie ich in den 80er Jahren mal in Neu-Isenburg bei einem Metzger war. Ich da rein in meinem nagelneuen Eintracht-Trikot, denk noch ›Wieso guckt der mich so komisch an?‹, verlange 100 Gramm Mortadella. Er sagt, dass er mir die hinten einpackt, weil

AM ABEND VOR DER BUNDESLIGABEGEGNUNG EINTRACHT FRANKFURT GEGEN LEVERKUSEN.
Hannover
Kassel
Dortmund
Frankfurt
Köln
Wiesbaden
Frankfurt
Würzburg
F-Süd
JETZT MÜSSTEN WIR ABER BALD DA SEIN... MENSCH RUDI, WIR BEIDE AN UNSERER ALTEN WIRKUNGSSTÄTTE...
ACH, UWE... UNSER OFFENBACH! DA, WO FÜR UNS BEIDE ALLES BEGANN... ICH WAR EWIG NICHT MEHR DORT!
DAS WAR EINE SUPER IDEE VON DEN KICKERS, UNS BEIDE ZUM ABENDESSEN EINZULADEN! DIE DENKEN HALT AN IHRE EHEMALIGEN...
... NA, JA... DIE EINTRACHT ABER AUCH! DIE MACHEN IHREN ALTSTARS...
... GANZ TOLLE GESCHENKE! ERST NEULICH HABEN SIE MIR DIESES NEU ENTWICKELTE HOCHMODERNE NAVIGATIONSGERÄT GESCHENKT...
OH, MANN! DAS IST EIN EINTRACHT-NAVI! KEIN WUNDER, DASS WIR HIER SEIT 'NER STUNDE RUMGURKEN UND DAS TEIL KANN OFFENBACH NICHT FINDEN!!!
A 5
A 66
Frankfurt
A 3
661
Rhein-Main
ZIEL UNBEKANNT... ...FAHREN SIE LIEBER NACH FRANKFURT.

er da ganz frische hat. Ich bezahle, geh nach Hause, will mir ’en Brötchen belegen, pack die Wurst aus …«

Bonifaz schüttelte jetzt lachend den Kopf, während Lilli ihn ungeduldig in den Arm kniff.

»Du packst die Wurst aus …«

»Ja, und dann seh ich auf jeder Scheibe Mortadella das OFC-Wappen. Der Typ war Kickers-Fan und hat mir, dem Eintracht-Fan, OFC-Wurst verkauft! Unglaublich, oder?«

»Und? Hast du sie ihm zurückgebracht?«

»Nein, ich hatte ja Hunger. Also hab ich sie gegessen!«

»Und wie hat sie geschmeckt?«

»Ehrlich gesagt, saulecker!«

»Dann kann das ja alles auch nicht so schlimm sein mit Frankfurt und Offenbach!«

»Wie man’s nimmt …«

Bonifaz redete nicht weiter. Zum einen ging es jetzt endlich weiter und zum anderen war das mit den Derbys schon immer ein hochkompliziertes Thema gewesen. Schwer zu erklären. Sehr schwer zu erklären. Vor allem, wenn dein Gesprächspartner Lilli Pfaff hieß!

Seelenverwandtschaft und lange Haare

8

Bonifaz stand konzentriert vor dem großen Wohnzimmerregal, als Lilli plötzlich neben ihm auftauchte und ihm interessiert dabei zusah, wie er einen Bilderrahmen von links nach rechts, dann vor, dann hinter, dann wieder von rechts nach links schob, um ihn letztlich genau da zu positionieren, wo er vorher gestanden hatte.

»Wer ist das denn da auf dem Foto? Ein Verwandter von dir?«

»Nein, wenn überhaupt, dann ein ›Seelenverwandter‹!«

»Was bedeutet das denn?«

»Das sagt man, wenn man jemanden trifft, der oft das Gleiche denkt wie man selber. Der vieles genau so sieht oder tut. Dann spricht man auch mal von ›Seelenverwandtschaft‹.«

»Aha! Und bei dem Mann auf dem Foto ist das so?«

»Ja, gewissermaßen schon. Weil er genau den Fußball gespielt hat, den ich so gemocht habe. Wenn ich Fußballer geworden wäre, dann am liebsten so einer wie er!«

»Und wie heißt er?«

»Jürgen Grabowski. War einer unserer Allerbesten! Ein Dribbler vor dem Herrn, Flankengott, Nationalspieler und dazu auch noch Weltmeister! Und außerdem habe ich ihm zu verdanken, dass ich mir als junger Mann die Haare hab wachsen lassen dürfen!«

»Was? Wieso denn das?«

»Naja, in den 70er Jahren gab es ja jede Menge tolle Bands, bei denen die Musiker lange Haare hatten. Die Beatles, die Rolling Stones, Pretty Things usw. Genauso wie es auch Fußballer mit langen Haaren gab! Den Günter Netzer zum Beispiel. Oder eben unsern Grabi. Das war total ›in‹ zu der Zeit. Und natürlich wollte ich auch so 'ne Matte! Also bin ich zu meinem Vater und hab ihn gefragt, ob er mir das erlaubt! Ich muss dazusagen, dass ich mich sonst immer gut mit ihm verstanden hab, nicht zuletzt weil er auch so ein riesen Eintracht-Fan war wie ich. Aber als ich ihn das gefragt habe, hat er echt total streng reagiert. ›Auf gar keinen Fall erlaube ich des!‹, hat er gesagt. ›Ich lass doch net zu, dass du rumläufst wie en Gammler oder so'n dreckische Hippie! Oder de Keith Richard mit seinem Drogen-Kopp.‹ Was übrigens der Gitarrist von den Stones war ...«

»Und dann?«

»Dann hab ich gesagt: ›Okay, aber was ist, wenn ich mir die Haare so wachsen lasse wie Jürgen Grabowski?‹ Da hat er kurz überlegt und dann geantwortet: ›Des geht!‹«

Renovierungen

Nachdem Lilli den Hörer aufgelegt hatte, seufzte sie. Einerseits taten ihr die allabendlichen Telefonate mit ihren Eltern gut, andererseits vermisste sie sie danach immer besonders schlimm. Auch wenn sie unterm Strich heilfroh war, dass sie hier bei Bonifaz und Adler geblieben war, während die beiden das kleine und ziemlich alte Hotel an der nordholländischen Küste, das ihre Mutter überraschenderweise geerbt hatte, Stück für Stück wieder auf Vordermann brachten. Denn wochenlang auf einer Baustelle die Zeit verbringen, ohne die Freunde daheim und vor allem ohne Fußball ... das wäre mal eine schön langweilige Zeit geworden! Außerdem war es ja nicht für ewig.

Ein lautes »Autsch!« aus dem Wohnzimmer riss sie aus ihren Gedanken. Dort saß nämlich Bonifaz am Tisch und bearbeitete mit Feile und Nagelschere gerade Adlers Krallen.

»Wenn du dich plötzlich bewegst, kann ich auch nichts dafür. Halt still, dann schneid ich dich auch nicht!«

Lilli setzte sich neben sie und schaute den beiden zu.

»Und Lilli, was macht die Hotelrenovierung?«, fragte Bonifaz, während er Adlers Mittelkralle stutzte.

»Apropos, ich werd auch grad renoviert«, lachte Adler. »Aua, schon wieder! Des gibt's doch net!«

»Halt still, sag ich!«

»Es geht ihnen gut! Ist 'ne Menge Arbeit, sagt Papa. Vieles muss komplett umgebaut werden, damit es schön wird! »

»Im Gegensatz zu mir. Ich bin auch ohne Umbau schön!«

»Ich weiß Adler, du bist der schönste Vogel der Welt!«

Sie kraulte kurz seinen Kopf. »Allerdings auch der Eitelste«

Bonifaz nickte, während er jetzt behutsam mit der Feile weitermachte.

»Ja, so was hat es in sich. Und je größer und älter das Gebäude, umso mehr Arbeit ist es natürlich! Ich weiß noch, wie sie unser Stadion renoviert haben. Was heißt ›renoviert‹. Das war ja eigentlich eher eine Art Neubau!«

»›Waldstadion‹ hieß das da noch!«, ergänzte Adler, ohne dabei seinen skeptischen Blick von Bonifaz' Händen abzuwenden. »Wobei das heute immer noch viele Leute sagen. ›Commerzbank-Arena‹ kommt net jedem über die Lippen. Die Geschmäcker sind da halt verschieden!«

»Aha. Und wie sah das Stadion aus, bevor es so aussah wie jetzt? Du warst doch da früher bestimmt öfters mal, oder?«

Das alte Waldstadion, eröffnet 1925

Das neue Waldstadion, ab 1974

Die Commerzbank-Arena, seit 2005

»Was heißt ›öfters mal‘? Das war quasi mein zweiter Wohnsitz! War ein großer Kasten mit einer Aschenbahn ums Spielfeld. Weswegen die Zuschauer auch weiter weg waren vom Geschehen. Muss man im Nachhinein sagen, dass das eigentlich e bissi blöd war mit dem großen Abstand. Das ist heute besser!«

»So richtig vorstellen kann ich mir das trotzdem nicht …«

»Macht nichts. Dafür hast du ja schließlich auch so'n Sammel-Depp wie mich als Opa.«

Bonifaz signalisierte Adler mit einem Nicken, dass die Krallenmaniküre für heute beendet war und erhob sich. Kurz darauf kam er mit einem seiner vielen alten Ordner zurück.

»Das vor ein paar Jahren war ja nicht der erste Umbau. Guck ma, so hat das ganz am Anfang ausgesehen …«

Bonifaz klappte den Ordner zu.

»Ja, da sieht man mal, wie sich etwas im Lauf der Zeit verändern kann!«

Adler nickte.

»Sieht man ja auch bei dir!«

»Vorsicht kleiner Vogel, sonst rutsch ich beim nächsten Mal zufällig mit der Nagelschere aus!«

»Pass du lieber auf, dass ich nicht mit meinem Schnabel ausrutsche!«

Lilli legte sich jetzt fast mit dem gesamten Oberkörper auf den Tisch, so dass sie sich zwischen die beiden schob.

»Hört auf euch zu kabbeln!« Dann lächelte sie. »Und jetzt, wo ich die ganzen Fotos gesehen habe, freue ich mich, wenn ich das Stadion nächste Woche das erste Mal live erlebe!«

»Ja, wird auch höchste Zeit, dass meine Enkeltochter endlich mal unseren heiligen Tempel von innen sieht! Und glaub mir Lilli …« Bonifaz strahlte sie jetzt an wie ein Honigkuchenpferd. »Live ist das Beste!«

SGE

Was man im Sitzen alles machen kann …

Zu den spektakulärsten Reichtümern ihres Großvaters gehörte in Lillis Augen ganz klar sein ›Mensch ärgere dich nicht!‹-Spiel! Denn das hier war keins, dass man locker auf den Tisch hätte legen können, nein, seines war ein großer quadratischer Teppich, auf den das Spielfeld gedruckt war, und das man nur auf dem Boden spielen konnte. Natürlich waren auch die Figuren viel größer als bei der ursprünglichen Version, außerdem aus Holz statt aus Plastik und selbstverständlich auch nicht einfarbig! Dank Bonifaz trugen sie nämlich die Vereinsfarben verschiedener Fußballclubs, und zwar die von Real Madrid, Glasgow Rangers, Ajax Amsterdam und natürlich die der Eintracht. Am liebsten hätte er eigentlich alle in den Frankfurter Farben angemalt aber das hätte es für die beteiligten Spieler doch deutlich komplizierter gemacht. Außerdem wollte er sich nicht dem Vorwurf aussetzen, in Sachen »große Traditions-Clubs« komplett ignorant zu sein. Auch wenn es ihm schon immer schwer gefallen war zuzugeben, dass es durchaus noch andere große Clubs gab!

Da es aber keinerlei Verhandlungsspielraum bei der Frage gab, wer denn die Eintracht-Männchen in seinem Startfeld aufstellen durfte, spielte Lilli auch heute mal wieder mit den Jungs der Glasgow Rangers, und Adler mit denen von Ajax.

Und das Spiel lief recht gut für sie, drei Blaue mit weißen Hosen standen schon im Häuschen. Bonifaz hingegen versuchte seit zig Runden vergeblich, endlich mal wieder eine Sechs zu würfeln, um seine Rot-Schwarzen zurück ins Spiel zu bringen. Und auch Adler kam dank einer spektakulären Einser-Serie nicht wirklich weiter. Ganz anders Lilli, die kurz davor war, die Partie in den nächsten ein, zwei Spielrunden endgültig für sich zu entscheiden.

»Du bist dran Opa!«, sagte sie, während sie einen prüfenden Blick auf das Spielfeld warf. Doch auch wenn dem so war, Bonifaz reagierte nicht. Stattdessen vernahm Lilli plötzlich ein vertrautes, gleichmäßig Brummen, kombiniert mit einem leisen Pfeifton. Wie des Öfteren war ihr Opa von der einen auf die andere Sekunde eingeschlafen und saß ihr nun mit offenem Mund und schnarchend gegenüber. Leise erhob sie sich, um kurz danach mit ihrem Handy bewaffnet wieder zurückzukommen. Schon kletterte Adler behutsam auf Bonifaz' Kopf, wo er ihn mit

ziemlich doofen Grimassen nachäffte, während Lilli ein gemeines Foto nach dem anderen machte.

Da aber auch die schönsten Fotosessions irgendwann vorbei sind, und weil es ihr langsam langweilig wurde, hielt Lilli Bonifaz irgendwann einfach kurzerhand die Nase zu. Das funktionierte nicht nur immer, es war aufgrund des Grunzgeräuschs, das er dann unfreiwillig von sich gab, auch durchaus unterhaltsam!

»Du bist im Sitzen eingeschlafen!«

Lachend hielt sie ihm ihr Handy vor die Nase und zeigte ihm die Schnappschüsse, die nicht nur belegten, dass das stimmte, sondern dass er dabei auch noch ein ganz klein bisschen gesabbert und ziemlich bescheuert ausgesehen hatte. Vom Faxen machenden Papageien auf seinem Kopf ganz zu schweigen.

»Wehe die sieht jemand, dann bekommen wir Ärger, Frollein!«

»Keine Angst, die zeige ich maximal meinen Freundinnen oder poste sie auf meiner Facebook-Seite. Aber jetzt mal im Ernst, das gibt's doch gar nicht, dass jemand im Sitzen einschläft. Da muss man doch irgendwann umfallen.«

Bonifaz rieb sich die Augen

»Sagst du! Du glaubst ja gar nicht, was im Sitzen alles geht ...« Sein Blick war jetzt wieder glasklar.

Mühsam erhob er sich. Seine Knochen fühlten sich in diesem Moment an, als hätte man sie allesamt ineinander geschoben und dann auf ewige Zeiten verleimt.

Langsam wackelte er zum Schreibtisch und begann die Schubladen zu durchsuchen. Nur wenige Minuten später saßen alle drei auf der Couch, Lilli neben ihm und Adler auf der Rückenlehne.

»Da, guck dir des an!«

Neugierig betrachtete sie den alten Zeitungsausschnitt mit dem großen Schwarzweiß-Foto. Da saß ein Spieler im Strafraum auf dem Boden und starrte dem Ball hinterher, der gerade dabei war die Torlinie zu überqueren, während ein Torwart mit weißem Käppi noch versuchte, diesen per Sprung aufzuhalten.

»Der da sitzt, des ist der ›Holz‹ … also der Bernd Hölzenbein!«

»Ohje, und damit hat er noch Fußball gespielt?«

»Lilli, der heißt so mit Nachnamen! Ich sag dir, das war ein regelrechter Dribbelgott, ein Fuddler vor dem Herrn und ein schlimmes Schlitzohr. Der Torwart hieß Stefan.«

»Stefan und weiter?«

»Nix weiter! Das war sein Nachname, den Vornamen weiß ich nicht mehr. Jedenfalls hat der einen eigentlich ziemlich harmlosen Kopfball vom Charly Körbel nicht festhalten können, obwohl er bis dahin pariert hatte wie ein Weltmeister. Und weil der Holz kurz vorher ausgerutscht war und nun plötzlich auf seinem Hosenboden saß, hat er im Sitzen den Ball mit dem Kopf über die Torlinie befördert. Ich sag dir, das Stadion ist ausgerastet!«

»Das sagst du immer, wenn du von irgendwelchen Spielen erzählst!«

»Ja, aber diesmal stimmt es noch mehr als sonst. Weil es nämlich in der 90. Minute passiert ist und die Eintracht so doch noch den 0:2-Rückstand aus dem Hinspiel aufgeholt hat. Es gab Verlängerung und in der hat ›Dr. Hammer‹ dann sogar noch das 3:0 geschossen!«

Lilli nickte anerkennend.

»Wow, die hatten sogar einen Arzt in der Mannschaft! Was für ein Doktor war das denn?«

»Nein, kein Arzt, das war nur sein Spitzname. Weil er so fest schießen konnte!«

»Ah ja. Klar!«

Dass ein Spieler, dessen Name eigentlich eher nach einer Piratenprothese klang, ein Tor im Sitzen gemacht hatte, an das man sich auch heute noch erinnerte, war ja okay.

Aber dass man einen Mann Doktor nannte, obwohl er gar kein Arzt war und nicht mal Medizin studiert hatte, erschien ihr doch ein bisschen übertrieben.

Die Drachenbe-zwingerin!

Wenn man zum wiederholten Mal vor einem Fußballspiel auf ein Stadion zuläuft, gibt es viele verschiedene Möglichkeiten, das zu tun. Man kann etwa in Gedanken schon mal seine eigene Lieblings-aufstellung machen oder ausrechnen, wo die eigene Mannschaft im Fall eines Sieges in der Tabelle stehen wird.

Wenn einem das zu kompliziert ist, kann man auch einfach nur Bier trinken und dabei irgendwas grölen, was außer einem selber niemand versteht, so wie man aber auch mit seinem Nebenmann einfach über irgendwas reden kann, das überhaupt nichts mit Fußball zu tun hat. Oder man überlegt, ob das Auto auch wirklich abgeschlossen ist, ob man dem verlockenden Duft der Bratwurststände folgen soll, obwohl einem die Waage daheim heute Morgen was anderes empfohlen hat, oder starrt vorwurfsvoll auf sein Handy, das einen schon seit über fünf Minuten auf eine neue SMS warten lässt.

Das und tausend andere Dinge kann man machen, während man mal wieder auf ein Stadion zuläuft.

Wenn man sich allerdings zum allerersten Mal einem Stadion nähert, wird man nichts von all dem tun! Nichts und niemand wird einen ablenken können. Weil man nur eines macht: das Stadion anstarren!

So wie heute Abend auch Lilli, die jetzt an der Hand ihres Großvaters direkt auf das Frankfurter Stadion zulief. Zu ihrem allerersten Bundesliga-Spiel und das auch noch gleich unter Flutlicht. Natürlich hatte sie sich das alles im Geiste schon zigmal vorgestellt. Die Fahrt mit der S-Bahn, die vielen Menschen, das

Gedrängel an der Kartenkontrolle usw. Außerdem kannte sie das Stadion ja von Fotos und aus dem Fernsehen. Aber jetzt, einige hundert Meter entfernt, sah es plötzlich ganz anders aus. Lilli spürte, wie ihre Vorfreude immer mehr von einer wachsenden Unruhe verdrängt wurde. Es war, als würde man auf einen riesigen Drachen zulaufen! Von ganz weit weg erschien er eher noch klein und harmlos, aber je näher man kam und je größer er wurde, umso mehr begann es in ihrem Körper zu rumoren. Natürlich war Lilli klar, dass ein Stadion kein Feuer spucken oder sie angreifen würde, sie war ja kein Kleinkind mehr. Aber jetzt, so aus immer weniger Metern Abstand, hatte dieser riesige Klotz schon was Respekt einflößendes! Bonifaz ahnte natürlich, was in Lilli vor sich ging und warum sie schon seit Minuten kein Wort mehr gesprochen hatte.

»Als ich mit meinem Vater das erste Mal hergekommen bin und wir draufzugelaufen sind, hab ich mir fast in die Hose gemacht! Aber glaub mir, das ändert sich ganz schnell!«

Sie waren jetzt nur noch ein paar Schritte vom Eingang entfernt, durch den sie nach innen zu den Sitzplätzen gelangen würden. Als Adler, der heute rücksichtsvollerweise zuhause geblieben war, um Opa und Enkelin bei diesem historischen Erlebnis nicht zu stören, Bonifaz gefragt hatte, warum er denn ausgerechnet die teuersten Plätze auf der Haupttribüne besorgt hätte, hatte der erst gar nicht nach Ausreden gesucht.

»Zum einen soll Lilli bei ihrem ersten Spiel alles gut sehen können, und zum anderen ist es nun mal für meinen Bobbes bequemer, zu sitzen als zu stehen!«

So wie sich bei einem Drachen das Innere ziemlich sicher stark von seinem Äußeren unterscheidet, ist es auch bei einem Stadion. Nachdem sie eine gefühlte Ewigkeit Treppen hochgestiegen waren, was vor allem Bonifaz nicht nur sichtlich angestrengt, sondern auch ziemlich genervt hatte (»Bin ich Reinhold Messner oder was? Wenn die schon solche Treppen bauen, dann sollen sie auch 'en paar Bodybuilder hinstellen, die einen hochtragen!«), saßen sie nun endlich auf ihren Plätzen. Erst jetzt schaute sich Lilli das erste Mal richtig um.

»Uiuiui! Was für eine Mordsschüssel! Und so viele Menschen! Wow!«

Bonifaz nickte stolz.

»Über 50.000 Leute, Lilli! Und fast jedes Mal ausverkauft, egal gegen wen sie spielen.«

Lilli versuchte jetzt erst mal, all das um sie herum zuzuordnen. Da drüben rechts, klar, das waren die Eintracht-Fans. Die schon jetzt in ihren diversen Trikots, unter einem Meer aus Fahnen, laut singend und dabei wild hüpfend einen riesen Wirbel veranstalteten.

»Das machen die immer!«, erklärte ihr Bonifaz. »Selbst wenn die Eintracht zurückliegt. Die geben immer Gas. Von den Choreographien ganz zu schweigen!«

»Von den was ... ?«

»Choreographien! So nennt man das, wenn sie entweder meterlange Banner bemalen und die dann mit Hilfe von Hunderten von Leuten aufrollen, bis sie wie riesige Gemälde den ganzen Fan-Block zudecken. Oder sie haben alle irgendwas in den Händen, bemalte Schilder oder was weiß ich, und wenn sie die dann alle gleichzeitig hochhalten, ergibt das ein gigantisches Bild! Darin sind sie unschlagbar!«

Lilli nickte anerkennend und schaute sich weiter um. Das gegenüber, etwas versetzt hinter dem anderen Tor, mussten die

Gästefans sein. Das erkannte man schon an den andersfarbigen Fahnen und auch daran, dass es deutlich weniger waren als die im Frankfurter Block.

Beeindruckt betrachtete sie jetzt auch diesen riesigen Würfel der oben unterm Dach des Stadions hing, und auf dessen vier Seiten große Bildschirme flimmerten.

Aus den Lautsprechern ertönte nun eine Musik, die Lilli ein bisschen an die von Krimis im Fernsehen erinnerte und zu der ein Stadionsprecher die Frankfurter Mannschaftsaufstellung vorlas. Was heißt ›vorlas‹? Er feierte sie regelrecht, indem er nämlich nur den Vornamen las und die Fans dann den Nachnamen rufen ließ.

»Unsere Nummer Vier! Marco ...?«

»Russ!!!!« usw.

»Jetzt kommen sie gleich!«, brüllte ihr Bonifaz ins Ohr, während es im Stadion immer lauter wurde. Die Krimi-Musik wurde nun von einem Stück abgelöst, in dem ein Männerchor irgendwas vom »Herzen von Europa« sang, was in Lillis Ohren eher ziemlich altmodisch klang. Wobei die Musikgeschmäcker nun mal verschieden sind, was man an Bonifaz sehen konnte, der jetzt lauthals mitschmetterte! Der fetzige Titel danach, in dem es um »schwarzweißen Schnee« ging, gefiel dafür Lilli deutlich besser.

Dann liefen die Mannschaften ein.

»Wer sind denn die Kinder, die da mit den Spielern an der Hand aufs Spielfeld laufen?«

»Das sind die sogenannten ›Einlauf-Kinder‹. Sind meistens F- oder E-Jugend-Mannschaften von anderen Vereinen aus der Umgebung! Find ich super!«

Ein bisschen neidisch beobachtete Lilli, wie die Kleinen jetzt unter Applaus vom Mittelkreis wieder zurück zur Seitenlinie rannten.

Kurz drauf standen beide Mannschaften in ihren Spielhälften, der Schiedsrichter schaute sich noch einmal prüfend um, und dann eröffnete ein greller Pfiff Lilli Pfaffs allererstes Bundesliga-Spiel.

Spätestens jetzt begriff Lilli, warum Bonifaz und Adler ihr immer wieder erzählt hatten, dass live im Stadion etwas ganz Anderes war als Fußball im Fernsehen zu schauen. Zuhause konnte man zum Beispiel mit der Fernbedienung die Lautstärke so regeln, dass es für einen angenehm war. Hier im Stadion nutzte es nicht mal was, sich die Ohren zuzuhalten. Lilli staunte nicht schlecht, wie mit dem Anpfiff urplötzlich der Lärmpegel hochschoss. Alles schrie und brüllte, diverse Anfeuerungschöre ertönten, untermalt von rhythmischem Klatschen usw.

Was sie aber noch mehr überraschte, waren die Leute um sie rum. Es war, als hätten fast alle mit Spielbeginn eine Art Schalter umgelegt. Ältere Männer, die eigentlich so aussahen, als hätte ihnen der Arzt dringend empfohlen, jede Aufregung oder Anstrengung besser zu vermeiden, standen plötzlich mit hochrotem Kopf, wild gestikulierend vor ihren Sitzen, um Dinge wie »Lauf, du Penner!«, »Oh Mann, der Achter kann nix, auswechseln!«, »Schiri, besorg dir 'en Blindenhund!«, oder »Bewegt euch, des is hier kein Altersheim!« zu schreien.

Mütter, die ihren Kindern eben noch sanft lächelnd über den Kopf gestreichelt hatten, starrten auf einmal mit weit aufgerissenen Augen auf's Spielfeld, manche dabei auch noch hektisch rauchend, während ihre Ehemänner entweder Selbstgespräche führten oder irgendwelche Gebete vor sich hin flüsterten.

Wenn auch sehr unterschiedlich, schien das Spiel da unten jeden hier oben in eine Art Bann gerissen zu haben. Es wurde geflucht, gelacht, geklatscht, gebuht, Nägel gekaut, Haare gerauft ... selbst, wo gar keine mehr waren. Ja, der ein oder andere bekam sogar einen versehentlichen Tritt in den Allerwertesten, weil der hinter ihm Sitzende gerade beim Mitfiebern reflexartig versucht hatte, auf's Tor zu schießen!

In den ersten Minuten hatte sich Lilli noch fest an Bonifaz geklammert, der erst einmal schützend seinen Arm um sie gelegt hatte. Aber Stück für Stück legte sich ihre Unsicherheit und wich einer immer größer werdenden Neugier. Hatte sie anfangs diese Mischung aus Krach und aufgeregten Leuten noch beängstigt, faszinierte sie das alles zusehends.

Denn eins stand fest: Das hier war ein Irrenhaus! Nur, dass die Irren hier nicht eingesperrt worden, sondern freiwillig hier waren, und sogar noch Geld dafür bezahlt hatten!

»Noch besser als Kino!«, dachte Lilli und grinste.

Und weil sie sich gar nicht daran sattsehen konnte, wie normale Menschen zu Verrückten wurden, nur weil da unten zwei Mannschaften Fußball spielten, vergaß sie völlig, auch mal auf's Spielfeld zu schauen. Und so bekam sie das 1:0 für die Eintracht nur deshalb mit, weil plötzlich eine Art Erdbeben das weite Rund erschütterte. Alle um sie herum sprangen wie auf Kommando von ihren Plätzen, schrien laut »Tooor!«, um danach irgendeinem Fremden um den Hals zu fallen oder sich sonst wie noch bekloppter zu verhalten als ohnehin schon.

Gut anderthalb Stunden später befanden sich Bonifaz und Lilli wieder auf dem Weg zurück zur S-Bahn. Die Irren von den Tribünen hatten sich überwiegend alle wieder zurückverwandelt und liefen jetzt friedlich und entspannt neben ihnen.

»Tja, Lilli, was soll ich sagen? Dein erstes Spiel und gleich ein Heimsieg! Das nenn ich mal einen Einstand!« Anerkennend klopfte ihr Bonifaz auf die Schulter, als hätte allein ihre Anwesenheit dazu beigetragen, dass die Eintracht gewonnen hatte. „Und jemand, der so viel Glück bringt, muss natürlich beim nächsten Mal wieder mit! Oder?«

»Ich glaub schon...«, antwortete Lilli, während sie sich noch einmal umdrehte.

Keine Ahnung warum, aber jetzt sah der große Klotz nicht mal mehr ein bisschen aus wie ein Drache. Sondern nur wie ein ganz normales Fußballstadion.

Heldengalerie

»Spiderman!«

»Batman!«

»Quatsch, Spiderman!«

»Nein, Batman!«

»Nie und nimmer! Spiderman krabbelt die Wände hoch und schwingt sich dann an seinen eigenen Spinnfäden von Wolkenkratzer zu Wolkenkratzer!«

»Ha! Dafür kann Batman fliegen!«

»Das kann ja jeder!«

»Sagt ausgerechnet so'n Piepmatz wie du, der schon müde ist, wenn er mal vom Bügelbrett zum Esstisch geflattert ist!«

»Piepmatz? Das ist ja wohl ...«

Adler fehlten die Worte. Was für eine ungeheure Beleidigung für einen dermaßen stolzen Vogel wie ihn.

»Wellensittiche sind Piepmatze! Oder Spatzen! Aber einen Adler so zu nennen, das ist wirklich ...«

»Oh, entschuldigen Sie, Herr Greifvogel, ich hatte ganz vergessen, dass es von Ihrer Gattung ja auch Zwergexemplare gibt ...«

Wütend stand Lilli jetzt vor Adler, der im Bücherregal saß und genau so zornig war wie sie. Was nicht daran lag, dass das Thema, um das es gerade ging, tatsächlich von so großer Bedeutung gewesen wäre, dass man sich deswegen ernsthaft hätte streiten müssen. Nein, dass beide gerade so aufgeregt waren, lag schlicht und einfach an ihren Dickköpfen. So sehr sie sich mochten, wenn sie mal nicht einer Meinung waren, krachte es, und das meist ordentlich.

Gut, dass Bonifaz jetzt dazwischen ging!

»Sagt mal, habt ihr sie noch alle? Wieso brüllt ihr denn hier so rum?«

»Ganz einfach ...«

Lilli schnappte nach Luft.

»Er behauptet, dass Spiderman der beste Held von allen ist und ich sage, dass das Batman ist!«

Bonifaz schüttelte den Kopf.

»Und wegen so einem albernen Mist macht ihr hier so ein Theater! Ich fass es nicht!«

»Was heißt hier ›alberner Mist‹?«

»Ja, was heißt hier ›alberner Mist‹?«

Bonifaz hätte jetzt am liebsten laut losgelacht. Eine einzige Bemerkung hatte gereicht und schon waren die beiden plötzlich wieder einer Meinung. Mühsam versuchte er ernst zu bleiben.

»Naja, vielleicht war das etwas zu hart formuliert. Aber wirklich wichtig ist es trotzdem nicht! Ist doch vollkommen wurscht, welcher der beste Held ist!«

»Ach ja?«

Lilli blinzelte ihn herausfordernd an.

»Das denkst du ja nur, weil du so alt bist!«

Bonifaz schluckte. Er wusste zwar, dass Lilli manchmal Dinge von sich gab, die ihr kurz darauf wieder leid taten, aber das änderte nichts daran, dass ihre kleinen Giftpfeile manchmal ziemlich weh taten.

»Wieso sagst du das denn?«

»Ich sage das, weil Kinder Helden haben und Erwachsene und Opas nicht!«

Er schüttelte energisch den Kopf.

»Das, junge Frau, ist leider absoluter Vollquark! Helden sind doch nicht nur was für Junge! Natürlich haben auch Erwachsene und OPAS Helden! Ich habe sogar jede Menge, die ich bewundert habe oder immer noch bewundere!«

»Einen kenn ich! Deinen Apotheker! Weil er immer die Anti-Rheuma-Creme für dich bestellt!«

Könnten Blicke Sturm erzeugen, dann hätte Adler nach seiner vorlauten Bemerkung in der nächsten Sekunde keine einzige Feder mehr am Körper getragen, so strafend schaute sein Herrchen jetzt zu ihm rüber.

»Nein, ich rede von meinen Eintracht-Helden! Sowohl von meinen früheren als auch von meinen jetzigen! Und ehrlich gesagt glaube ich sogar, dass ich insgesamt mehr Helden habe als ihr beiden zusammen! Und nicht nur das! Denn im Gegensatz zu euren gab bzw. gibt es meine wirklich! So, und jetzt könnt ihr gerne weiterstreiten, welcher von euren zwei albernen Latexhosen-Heinis der Bessere ist.«

Kopfschüttelnd und sichtlich genervt verließ Bonifaz den Raum.

Fünf Minuten später stand ein ziemlich schuldbewusstes Mädchen mit einem ziemlich schuldbewussten Papagei auf der Schulter in der Küche, wo Bonifaz sich ein ziemlich dickes Beruhigungskäsebrot schmierte.

»Es tut mir Leid, Opa! Das war nicht nur nicht sehr nett, das war auch blöd!«

»Mir tut's auch leid«, nuschelte Adler in sein Gefieder. Entschuldigen war nicht gerade sein Lieblingsfach.

»Schon gut! Ist abgehakt«, brummelte Bonifaz. »Hat jemand Hunger auf Käsebrot?«

Kurz darauf saßen alle auf der alten Küchenbank und kauten.

»Wie viele Helden hast du denn so, wenn du alle mal zusammenzählst?«, wollte Lilli jetzt wissen.

»Ne Menge natürlich! Zumal ich ja schon über 200 Jahre alt bin und natürlich tausende von Spielern hab kommen und gehen sehen!«

Das mit dem »alt« hatte ihn doch ein wenig getroffen. Klar war er kein junger Mann mehr, aber je älter man wurde, umso weniger wollte man das nun mal hören. Lillis versöhnlicher Blick signalisierte ihm allerdings auch ohne weitere Worte, dass sie es längst furchtbar bereute.

»Dann frage ich anders. Wenn es ein Mannschaftsfoto gäbe, auf dem alle deine absoluten Lieblingsspieler zu sehen wären ... wer wäre da drauf?«

»Ja, und die Trainer net vergessen!«, ergänzte Adler.

Puh! Was für eine Frage! Unmöglich, das sofort zu beantworten.

»Da muss ich erst mal 'ne Zeit lang drüber nachdenken. Waren ja tatsächlich 'ne Menge!«

Als ein paar Stunden später alle in ihren Betten bzw. Käfigen lagen, hatten Lilli und der Papagei das Thema schon längst wieder abgehakt. Im Gegensatz zu Bonifaz, dem ständig neue Namen in den Kopf schossen.

»Der müsste mit drauf ... und der, dafür der aber nicht ... oder doch?«

Es war schon weit nach Mitternacht, als Bonifaz endlich einschlief.

Und ihm im Traum plötzlich sein persönliches
Mannschaftsfoto erschien …

Spielernamen siehe S. 228

Germany's oldest Eintracht-Model

»Was ist das denn da hinten?«

Für Ordnungsfanatiker wäre dieses Zimmer vermutlich ein Albtraum gewesen, aber Lilli liebte es, hier zu sein. Bonifaz nannte es einfach »Fundbüro«, wohl vor allem deswegen, weil er dort immer wieder Dinge fand, die er längst als »vermisst« gemeldet hatte! Lilli klang das zu nüchtern, weswegen sie es »Die Höhle der Überraschungen« getauft hatte. Beides passte!

Ganz früher, als er mit Margarethe hier eingezogen war, war es eine Art begehbarer Kleiderschrank mit diversen Garderobenständern, Regalen und Wäschetruhen. Was ein ausdrücklicher Wunsch seiner Frau gewesen war, und weil die Wohnung über vier geräumige Zimmer verfügte, hatte er ihr diesen Wunsch gerne und ohne Widerworte erfüllt. Nach ihrem Tod aber hatte Bonifaz angefangen, immer wieder mal Dinge hier zu deponieren, für die er keine Verwendung oder woanders keinen Platz hatte. Und so hatte sich hier im Lauf der Jahre eine Menge Zeug angesammelt, von alten Vasen, diversem Schnickschnack wie etwa einem lebensgroßen Elchkopf aus Kunststoff, über Säcke voller Klamotten, Umzugskartons (mit was auch immer drin) bis hin zu dem kaum benutzten Einrad, das angelehnt in einer Ecke stand. Auf dem er übrigens ziemlich sicher nicht mehr fahren würde. Sein letzter Versuch vor ein paar Monaten, als er schon nach wenigen Metern die Kontrolle verloren hatte und laut hilfeschreiend durch den städtischen Park gerast und schließlich erst im Inneren des Eis-Busses zum stehen gekommen war, erschien ihm Beweis genug dafür, dass Männer in seinem Alter besser den

Stadtbus nehmen. Ein Ticket beim Fahrer zu lösen, war unterm Strich einfach deutlich weniger stressig als einem aufgebrachten italienischen Eisverkäufer zu erklären, warum man gerade mit dem Kopf bis zum Hals in dessen Zitroneneis steckte.

Die »Höhle der Überraschungen« war jedenfalls voll von unerwarteten Dingen, und Lilli fühlte sich jedes Mal wie auf Schatzsuche, wenn sie den Raum erforschte.

Und auch heute hatten ihre wachen Augen wieder etwas entdeckt, das ihr vorher nicht aufgefallen war. Ein alter, abgewetzter Lederkoffer, den sie jetzt hinter ein paar großen Wäschekörben hervor- und in die Mitte des Zimmers zog. Bonifaz betrachtete ihn und kratzte sich dabei wie so oft nachdenklich am Kopf.

»Keine Ahnung, was da drin ist, den hab ich schon länger nicht mehr gesehen.«

»Na, dann lüften wir doch mal das Geheimnis!«

Sie kniete sich neben den Koffer, öffnete die verrosteten Schlösser und hob den Deckel an.

»Wow, was ist denn das?«

Lilli griff in den Koffer und holte ein Trikot zum Vorschein. Ein Eintracht-Trikot. Aber keines, das sie kannte. Natürlich hatte sie in den letzten Jahren mitbekommen, dass die Eintracht, wie alle anderen Bundesliga-Clubs auch, vor jeder beginnenden Saison ein neues Trikot präsentierte. Und an die der letzten Jahre konnte sie sich nicht nur erinnern, sie hätte sie sofort zeichnen können, so genau sah sie die noch vor sich. Aber das hier? Bonifaz kniete sich jetzt, soweit das seine Knochen zuließen, neben sie.

»Das gibt's ja gar nicht! Der Trikot-Koffer!«

Mittlerweile hatte Lilli weitere Fußballhemden zum Vorschein gebracht, die meisten in den ihr vertrauen Farben, aber jedes immer etwas anders als das nächste, und außerdem auch immer mit anderen Sponsoren-Aufdrucken.

»Ich hab die immer gekauft, jede Saison! Und sobald eines nicht mehr aktuell war, weil schon das neue kam, hab ich es hier reingetan!«

»Das heißt also, das hier sind alle Trikots, die Eintracht-Mannschaften je getragen haben?«

»Ja! Bis auf die der letzten drei, vier Jahre, die sind in meinem Schrank!«

Lilli stand auf und schaute sich um. In einem alten Karton war das, was sie suchte. Eine große, klobige Sofortbild-Kamera plus einer kompletten Packung Filme!

»Ha, wusste ich's doch! Hab ich mir nicht eingebildet, dass ich das Ding hier schon mal gesehen habe!«

»Guck ma einer an, meine alte Polaroid! Was willst du denn damit?«

»Das kann ich dir sagen! Wir spielen jetzt ›Germany's oldest Eintracht-Model‹!«

»Was?«

»Du kannst es auch Modenschau nennen! Du bist jedenfalls das Model und ich die Fotografin!«

»Ich kapier's immer noch nicht!«

»Opa, manchmal stehst du echt auf'm Schlauch! Du ziehst jetzt all diese Trikots an, eins nach dem anderen und ich fotografiere dich!«

»Lilli, ich kann die meisten davon aber nicht anziehen!«

»Warum denn nicht?«

»Weil ich, als ich die gekauft habe, viel jünger war als heute?«

»Was hat denn das Alter damit zu tun?«

»Das Alter nicht direkt, aber des Ding hier! ›Los Wampos‹, wie der Spanier sagt ...«

Bonifaz klatschte jetzt auf seinen beachtlichen Bauch und guckte sie etwas verlegen an.

»Vielleicht sollte ich den erstmal wegtrainieren, und wir machen die Fotos dann ...«

Energisch schüttelte Lilli den Kopf und schaute ihm in die Augen.

»Du musst sie einfach ein bisschen dehnen, dann bekommst du sie schon drüber. Los ...!«

Ohne weiter zu protestieren, griff Bonifaz in den Koffer. Den Blick kannte er, da war jeder Widerstand zwecklos.

»Na gut, dann fang ich mit dem hier mal an!«

Und schon begann eine der heißesten Fotosessions der letzten Jahre. Mit dem vermutlich heißesten Model, das Deutschland zu bieten hatte, und nach dem sich Heidi Klum bestimmt die Finger geleckt hätte: Bonifaz »the body« Pfaff!

Hoechst
1980 Uefa-Pokal
1913/14
Nordmainmeister
1990- Rekordtrikot vom
„Treuen Charly"
1959 - Meister!
1963 Gründung
Bundesliga

Tetra Pack
1993/94
Geschenk von Tony
SAMSUNG
1992 … Trikot vom letzten
Saisonspiel in Rostock
Tetra Pak
1996
Abstieg …
infotec
1981
Gelbwurst!
MITSUBISHI
MOTORS
1998 Wiederaufstieg!!!

Im Eintracht-Museum

»Wer hat denn mitten zwischen die vielen schönen Sachen diesen hässlichen Stuhl gestellt? Der sieht ja noch schlimmer aus als die ollen Dinger in deinem Schrebergarten!«

Lilli schüttelte den Kopf, während sie das Objekt ihres Missfallens argwöhnisch betrachtete.

Eine gute halbe Stunde liefen sie jetzt schon durch's Eintracht-Museum, und insgesamt gefiel es ihr hier viel besser als sie gedacht hatte. Eigentlich waren Museen ihren bisherigen Erfahrungen nach nämlich eher langweilig.

Aber schon beim Reinkommen hatte sie sofort gemerkt, dass das hier was Anderes war! Die Vitrinen mit den großen Pokalen, zu denen ihr Adler erklärt hatte, dass es »nur 'en paar weniger als die von Real Madrid oder Barcelona« wären, die verschiedenen Trikots, besondere Schuhe von besonderen Spielern, oder alte Plakate und Eintrittskarten, deren Datumsangaben ihr schnell verrieten, dass sie zu dieser Zeit noch lange nicht auf der Welt gewesen war usw. Außerdem empfand sie es als angenehm, dass das Museum zwar Einiges zu bieten hatte, trotzdem aber nicht so groß war wie die Museen, die sie mit der Schule hatte besuchen müssen.

Ja, das hier hatte was.

Bis auf diesen billigen weißen Plastikstuhl. Warum auch immer der in einer Vitrine stand, es musste ein Versehen sein!

»Weißt du was, Opa, den nehmen wir nachher einfach mit und stellen ihn zum nächsten Sperrmüll! Da werden die uns hier bestimmt dankbar sein!«

Bonifaz grinste sie an.

»Das glaube ich allerdings weniger. Wenn wir diesen Stuhl mitgehen lassen, werden die uns ordentlich was erzählen!«

»Plus Stadionverbot«, ergänzte Adler, der auf Lillis Schulter saß.

»Ich erklär's dir«, fuhr Bonifaz fort. »Das ist der berühmte Stuhl von Horst Ehrmantraut! Der war Ende der 90er hier Trainer. So'n hagerer Typ mit wenigen Haaren auf'm Kopf! Hat die Mannschaft nach zwei Jahren 2. Liga wieder nach oben geführt.

Und irgendwann hat er plötzlich diesen Stuhl mitgebracht und sich bei den Spielen da drauf gesetzt!«

»Weil er net auf der Trainerbank neben den Ersatzspielern hocken wollte, weil's ihm da zu unruhig war! Auf dem Stuhl konnte er sich besser konzentrieren!«

»Oh, das wusste ich natürlich nicht! Also ein besonderer Stuhl!«

»Ja, das kann man so sagen! Angeblich hatte das was mit ›magischen Energiefeldern‹ und so zu tun gehabt!«

»Wow, das klingt ja fast, als wäre der Stuhl von Hogwarts!«

»Hogwarts?«

»Das ist die Zauberschule, auf die Harry Potter gegangen ist! Da gab es auch magische Möbel!«

»Nix Hogwarts! Baumarkt!«, antwortete Adler.

»Aha! Und was hat es damit auf sich?«

Dabei zeigte sie auf eine etwas kleinere Vitrine, in der ein Plastikbecher mit Eintracht-Wappen stand.

Bonifaz lachte.

»Den hat der Sebastian Vettel, unser Formel-1-Weltmeister aus Heppenheim, im Aktuellen Sportstudio dem Thomas Tuchel geschenkt, dem damaligen Trainer von Mainz 05. Und hat ihn dabei ein bisschen veräppelt, weil er Eintracht-Fan ist und Frankfurt an dem Tag 2:0 gegen Mainz gewonnen hat. Lies mal, was er dem Tuchel auf den Becher geschrieben hat …«

Lilli beugte sich etwas vor und las laut vor.

»Als Erinnerung an den 0:2-Erfolg!«

Während Bonifaz sich aufgrund des Spruchs auf dem Becher vor Lachen am liebsten auf die Schenkel gehauen hätte, blieb Lilli doch eher unbeeindruckt.

»Was man nicht so alles aufhebt …«

Kurz darauf standen sie vor der meterhohen runden Glasvitrine und der Papagei erklärte ihr, welchen Pokal die Eintracht wann bekommen hatte. So richtig hörte Lilli allerdings nicht zu,

da sie sich gerade vorstellte, wie man ihr so ein riesiges Teil nach dem Spiel in die Hand drückte und sie beim Versuch, es in die Luft zu stemmen, grußlos nach hinten umkippte. Aber noch bevor sie über dieses Bild loslachen konnte, vernahm sie ein herzzerreißendes Schluchzen, das verdächtig nach Bonifaz klang. Der stand vor einer Vitrine, in der sich ein alter brauner Lederball befand.

»Wieso weinst du denn Opa?«, fragte Lilli besorgt.

»Das kann ich dir sagen!«, mischte sich Adler ein. »Das ist der Original-Ball von dem berühmten Europapokal Endspiel Eintracht gegen Real Madrid in Glasgow!«

Lilli nickte verständnisvoll, während sie mitfühlsam den Arm ihres Großvaters tätschelte.

»Ach so! Und jetzt weinst du, weil das so ein großes Spiel war und du gerührt bist, wenn du daran denkst!«

»Nee, ich flenn, weil die blöden Spanier uns damals sieben Stück eingeschenkt haben!«

Bonifaz schnäuzte jetzt so laut in ein riesiges Stofftaschentuch, dass sich die anderen Besucher im Museum erschrocken zu ihnen umdrehten.

In diesem Moment entdeckte Lilli eine riesige Walze, die mitten im Raum stand.

»Was ist denn das?«

»Das ist die Wasserwalze vom Polen-Spiel! Das war bei der WM 1974, als die Deutschen hier gegen Polen gespielt haben. An dem Tag hat es so geregnet, dass der Platz fast schon einem See glich!«

»Eher 'nem Meer!«, korrigierte Adler.

»Also haben Hunderte von Ordnern und Platzwarten versucht, das Wasser vom Spielfeld zu wälzen!«

»Über Tausend waren des!«

Lilli musste immer wieder lachen, wenn die beiden so maßlos übertrieben und dabei auch noch glaubten, dass sie das nicht merken würde.

»Das muss ja ein schönes Gedränge gewesen sein!«

»War's auch! Trotzdem haben sie das Wasser nicht in den Griff bekommen. Die Pfützen waren teilweise so tief, dass man von den Spielern gerade noch den Kopf sehen konnte. Zum Glück hat Deutschland am Ende 1:0 gewonnen!«

»Dann kann es ja nur ein Kopfballtor gewesen sein, oder?«

»Ähm ... ja, gut möglich. So genau konnte man das wegen dem Regen nicht sehen ...«

»Ist ja auch egal. Und wer kümmert sich um all das hier? Die schönen Pokale und die ganzen anderen Sachen?«

Adler machte eine Kopfbewegung zur Theke, die sich im vorderen Bereich des Museums befand, und hinter der drei Frauen und drei Männer standen, die gerade mehrere Kisten mit Büchern und T-Shirts auspackten.

SCHNÜFF...!

»Die Leute da drüben! Sechs feste Mitarbeiter und dazu noch jede Menge Studenten!«

Lilli nickte Adler anerkennend zu.

»Du weißt ja wirklich echt alles! Kluges gefiedertes Köpfchen!«

»Eija, hast du Fragen ... Adler fragen!«

»Dafür kann er nicht reimen!«, murmelte Bonifaz, der sich umschaute, was er Lilli noch zeigen könnte. Dass unser schlauer Vogel vormittags schon stundenlang im Internet unterwegs gewesen war und sich vorab ausführlich über alles Wissenswerte in Sachen Museum informiert hatte, damit er hier den Experten geben konnte, blieb übrigens sein gut gehütetes Geheimnis!

Eine Stunde später verließen die drei das Museum.

»Und Lilli, hat's dir gefallen?«, wollte Bonifaz wissen.

»Ja, sogar sehr!«

»Und was am besten?«

»Eindeutig der Stuhl und der Plastikbecher!«

»Ach ja? Echt jetzt?«

»Ja, weil ...«

»Weil das zeigt ...« unterbrach sie Adler besserwisserisch, »dass auch Sachen wichtig sein können, denen man es auf den ersten Blick gar nicht ansieht!«

Stolz, so was Kluges von sich gegeben zu haben, nickte er Lilli zu, die ihn jetzt angrinste.

»Genau! Und deswegen landest du bestimmt auch mal irgendwann im Museum ...!«

Womit Adlers große Klappe erstmal gestopft war.

Boxen live

Lilli saß auf der Rückbank des alten Volvos und wartete schon seit gut 15 Minuten auf ihren Großvater. »Ich spring nur mal kurz zur Bank rein, bin gleich wieder da!«, hatte er ihr erklärt. Wobei ›springen‹ für jemanden, der sich ächzend aus dem Auto quälte, um dann mühsam die Treppe zur Eingangstür zu ersteigen als wäre es die Steilwand des Mount Everest, ein ganz klein bisschen übertrieben war.

Mehr aus Langeweile begann sie jetzt die Litfaßsäule zu studieren, neben der sie geparkt hatten, und auf der diverse Plakate für Veranstaltungen oder sonst was warben.

»Du kannst alles! Du bist die Kraft!«, stand auf einem und darunter war ein ziemlich kahlköpfiger Mann mit Brille abgebildet, der Lillis Meinung nach ziemlich albern in die Kamera grinste. Ganz abgesehen davon, dass er zwar einen Anzug anhatte, dazu aber ein grellrotes Stirnband trug, auf dem in dicken gelben Buchstaben ›Yeah!‹ stand. »Motivationscoaching mit Thomas Geller!«, las Lilli weiter. Sie hatte keine Ahnung, was das bedeutete, aber so doof wie sie den Typen jetzt schon fand, wollte sie es auch gar nicht wissen.

Sie betrachtete das nächste Plakat.

»Punch-Live! Die große Frankfurter Box-Nacht!«

Das klang schon interessanter. Und den Namen, der groß und fett da drunter stand, hatte sie natürlich auch schon mal gehört. »Vitali Klitschko«. Sie beugte sich etwas nach vorne, weil ab da die Schrift kleiner wurde »...kommt nicht, aber dafür steigen Charly ›the Knocker‹ Schmidt und Gernot ›Pitbull‹ Hermann für Sie in den Ring!«

Sie schüttelte den Kopf.

»Wieso steht er denn dann drauf, wenn er gar nicht kommt?«, dachte sie, aber bevor sie weiterlesen konnte, stieg ein hektischer Bonifaz ein, der es offensichtlich ziemlich eilig hatte.

»Absolutes Halteverbot, hab ich nicht gesehen. Und da hinten kommt 'ne Politesse! Nix wie weg!«

Schon startete er mit quietschenden Reifen, wie man das sonst eigentlich nur von Formel-1-Rennen kannte, und reihte sich schnell wieder im Frankfurter Stadtverkehr ein.

»Sag mal Opa, warst du schon mal live bei einem Boxkampf?«, fragte Lilli.

»Wieso fragst du?«

»Hätt ja sein können. Du hast mir doch mal erzählt, dass die Eintracht auch eine Boxabteilung hat. Also ja oder nein?«

Gute Frage. Sofort schoss Bonifaz diese Szene in den Kopf. Am 14. November 1988 war das gewesen, auf der Jahreshauptversammlung der Eintracht im Gesellschaftshaus im Frankfurter Palmengarten. Und ausgerechnet an dem Tag hatte er in der ersten Reihe gesessen und alles aus nächster Nähe mitbekommen.

Die Stimmung an diesem Abend war das, was man »aufgeheizt« nennt, die Leute stritten sich wegen der Wahl zum Präsidenten usw. Irgendwann hatte dann ein Mann am Rednerpult gestanden und geredet. Und nicht mehr aufgehört. Weil aber alle nur eine begrenzte Zeit lang hatten sprechen dürfen, war plötzlich einer der Ordner hinter dem Mann aufgetaucht, um ihn energisch aufzufordern, die Bühne zu verlassen. »Geh da runner!«, hatte er ihn angepflaumt. Und dann war's passiert. Der Mann am Mikro schlug dem Ordner ruckzuck ins Gesicht, worauf der rückwärts zu Boden ging.

Wie sich später herausgestellt hatte, hieß der Ordner Freddy Wegner und war ... Boxer bei Eintracht Frankfurt! Und ausgerechnet den hatte der andere ausgeknockt!

FRANKFURT
tracht
GEH' RUNNER...!
FRANKFURT
tracht
PAFF!

Bis heute erinnerten sich die Leute an diese Szene, und der damals zu Boden Gegangene wurde mit dieser Geschichte noch jahrzehntelang später immer wieder mal aufgezogen!

Erzählte er die jetzt Lilli, dann würde es nicht lange dauern, bis die sie wiederum an ihre Schulfreunde weitergegeben hatte, die es dann ebenfalls verbreiten würden usw. usw.

Nein, langsam wurde es mal Zeit, dass die Story vom ausgeknockten Freddy Wegner in Vergessenheit geriet!

»Sag mal, antwortest du mir heute noch?« Ungeduldig tippte Lilli ihm mit ihrem Zeigefinger auf die Schulter. »Also ... hast du schon mal einen Boxkampf live gesehen oder nicht?«

»Nein! Nicht, dass ich wüsste ...«

Wie schlimm ist schon Sitzenbleiben …

16

»Sieht super aus! Täuschend echt!«

Bonifaz Pfaff nickte zufrieden. Angestrengt hatte er über Minuten versucht, mit mittelscharfem Senf den Frankfurter Römer auf eine Scheibe Fleischkäse zu malen, was ihm seiner Meinung nach recht gut gelungen war. Allerdings würde die Nachwelt sein Meisterwerk nie zu sehen bekommen, denn schon verschwand es in seinem Mund. Genau in diesem Moment klingelte es. Missmutig lief er zur Tür. Denn Lilli war nach der Schule mit einer Freundin verabredet, also erwartete er die erst am Nachmittag, und der Postbote war schon vor Stunden da gewesen. Kam also eigentlich nur noch Frau Pröschke vom Stockwerk unten drunter in Frage, die ihm dann irgendwelche Reste ihrer begrenzten Kochkunst oder die Zeitung vom Vortag brachte. »Ei isch muss misch doch um Sie kümmern tun, mescht ja sonst kaaner. Net, dass Sie mir verhungern oder vor Langweile aus'm Fenster hüppe!«, lautete ihre Begründung. Die ihm übrigens genauso albern erschien wie ihre Überbringerin selbst. Als er öffnete, staunte er aber nicht schlecht, denn statt der Nachbarin stand seine Enkeltochter vor ihm, weinend und vollkommen aufgelöst.

»Lilli, was ist denn los?«

»Ich bleib sitzen!«

Schon flog sie ihm um den Hals und ihre Tränen liefen wie Sturzbäche in seinen Hemdkragen.

»Was? Wer sagt denn so was?«

»Frau Fink, unsere Mathelehrerin! Sie hat gesagt, dass wenn ich … also wenn ich …«

Lilli zitterte vor Aufregung. Bonifaz trug seine Enkeltochter in die Küche, setzte sie auf einen Stuhl und machte erstmal das, was man in solchen Krisenmomenten als allererstes braucht: heißen Kakao!

Kurz danach saßen beide am Küchentisch, jeder mit einer dicken alten Keramiktasse in der Hand.

»Dann erzähl mal in Ruhe. Was hat Fräulein Finke denn genau gesagt?«

»Dass ich wahrscheinlich nicht versetzt werde, weil ich in Mathe so schlecht bin und in Englisch auch. Außerdem will mir Herr

•Pfaff•
Eintracht

Frühwald noch einen Vermerk ins Zeugnis schreiben, weil Lucie und ich ...«

»Weil ihr was ...?«

»Weil wir dem ausgestopften Eichhörnchen im Biologie-Saal das Fell blau und gelb gefärbt haben ...«

»Wieso denn blau und gelb?«

»Na, das sind doch die Farben von dem Verein, wo ich spiele, Blau-Gelb Frankfurt!«

Bonifaz spielte kurz mit dem Gedanken zu fragen, warum sie denn das Eichhörnchen nicht lieber mit den Farben seines Vereins versehen hatte, verwarf das aber aus pädagogischen Gründen wieder.

»Das gehört sich ja auch nicht, das ist schulisches Eigentum!«

»Ja, aber dafür sieht es jetzt viel schöner aus!«

»Was Geschmackssache sein dürfte!«

Sehr zu Bonifaz' Beruhigung wurden ihre Tränen jetzt etwas weniger.

»Ich will aber nicht sitzenbleiben! Und wenn doch, dann hau ich ab! Dann ... dann geh ich zum Main und klettere heimlich auf ein Schiff und fahr als Blinder Passagier nach Afrika!«

Bonifaz musste lächeln.

»Mit Afrika wird's etwas schwierig, die meisten Schiffe die dort ablegen, fahren nicht ganz so weit. Aber wenn du nach Hanau oder Groß-Krotzenburg auswandern willst, dann bist du da genau richtig.«

»Nicht komisch!«, murmelte sie trotzig. »Mama und Papa wissen noch gar nichts davon. Die flippen aus!«

»Niemand flippt aus! Dein Vater ist selber schon zweimal hockengeblieben, der wird sich hüten, zu meckern!«

Er kratzte sich am Kopf und überlegte, was es noch an tröstenden Argumenten gab.

»Und außerdem ... was soll denn die Eintracht da sagen?«

Ungeniert zog Lilli die Nase hoch.

»Was, wieso? Ein Fußballverein kann doch nicht sitzenbleiben!«

»Oh doch! Im Fußball heißt das nur anders, da nennt man es ›absteigen‹. Das ist im Prinzip aber das Gleiche! Genau genommen, ist die Eintracht sogar schon viermal sitzengeblieben!«

»Wann denn?«

»Das erste Mal 1996. Das war nicht nur bitter, das kam auch vollkommen überraschend. Weil sie eigentlich ein paar sehr gute neue Spieler geholt hatten, Schupp, Jonny Ekström …!«

»Jonny Ekström! Das klingt wie ein dänischer Cowboy!«

»War ein Schwede. Hat aber auch nichts genutzt. Am Ende der Saison waren sie Siebzehnter und das war's …«

»Was passiert denn überhaupt, wenn man absteigt?«

»Dann kommt man in die 2. Liga! Plötzlich haben sie gegen Meppen gespielt oder mussten statt nach München nach Zwickau. Das ist so, wie wenn du jahrelang im Luxushotel Urlaub machst und plötzlich auf einen Campingplatz musst!«

Lilli schüttelte leicht den Kopf.

»Du und deine komischen Vergleiche. Und wie lange muss man dann in dieser 2. Liga bleiben?«

»Solange, bis man am Ende einer Saison unter die ersten Drei kommt. Die Eintracht hat zwei Jahre gebraucht, bis sie das gepackt hat.«

»Hauptsache, sie hat es überhaupt geschafft!«

»Ja, aber 2001 hat's uns dann schon wieder erwischt. Wieder für zwei lange Jahre …«

»Ich weiß … Campingplatz!«

»Richtig! Und ich sag dir … dieser Aufstieg danach war das Knappste, was es im Fußball je gegeben hat! Das war am letzten Spieltag … und eigentlich war Mainz vor uns und schon so gut wie aufgestiegen, weil sie ein Tor besser waren. Doch während deren Spiel schon rum war, ging unseres gegen Reutlingen noch etwas länger. Und dann hat Alexander Schur in allerletzter Sekunde mit so'm komischen halbgaren Kopfball das Ding noch reingemacht!

Plötzlich stand's 6:3, und damit waren die Mainzer auf einmal doch noch hinter uns! Und dann sind alle ausgeflippt. Ich sag dir, ich hab vier Wochen am Stück geflennt!«

Kritisch legte Lilli jetzt den Kopf zur Seite und schaute ihrem Opa prüfend in die Augen.

»Na gut ... aber nach dem Schlusspfiff hab ich schon ein paar Tränchen verdrückt ... also zumindest war ich gerührt ... egal. 2004 hat's uns dann nochmal erwischt, aber danach wurde es dann insgesamt deutlich besser, weil mit dem Heribert Bruchhagen als Chef und dem Friedhelm Funkel als Trainer Leute gekommen waren, die das gut gemacht haben!«

»Das klingt schön ... ein Friedhelm, der gefunkelt hat wie ein Diamant!«, grinste Lilli.

»Naja, gefunkelt hat er jetzt weniger. War ein prima Trainer, aber von seiner Ausstrahlung her war er eher kein Diamant. Mehr so die Abteilung ›trockenes Brötchen‹ ...«

»Vielleicht hat ihm ja auch einfach schon gereicht, dass er so hieß!«

»Kann sein! Jedenfalls ist der lange geblieben und wir hatten insgesamt eine gute Zeit mit ihm. Aber irgendwann ist es halt nicht mehr so gut gelaufen und dann hat man sich eben getrennt ...«

Sie nahm einen großen Schluck vom mittlerweile deutlich abgekühlten Kakao.

»Und wer kam dann als Trainer?«, fragte sie, um die Tasse schließlich ganz auszutrinken. Bonifaz hielt jetzt inne und starrte ernst in die Tiefe seines Wohnzimmers.

»Skibbe!«

»Ihr hattet ein Känguru als Trainer?«

»Das hieß Skippy, Lilli! Nein, Michael Skibbe! Das erste Jahr war noch ganz gut, aber dann kam die nächste Saison. Da waren sie nach der Hinrunde Siebter! SIIIEEBTER! Und dann haben sie plötzlich

nur noch auf die Nuss bekommen! Die haben zehn Spiele in Folge nicht gewonnen und in neun davon nichtmal ein Tor geschossen! Es war das Grauen! Also haben sie den Skibbe wieder entlassen! Tja, und als wir schon alle gedacht haben, schlimmer kann's eigentlich nicht mehr kommen, haben sie den Christoph Daum geholt! Der sollte hier mal so richtig den wilden Affen machen, weil er damit schon ein paar Mal Erfolg gehabt hat. Den Affen hat er auch gemacht, aber funktioniert hat's trotzdem nicht, also sind sie noch mal abgestiegen …«

Bonifaz seufzte tief.

»Wenn es mit dem Affen nicht geklappt hat …«

Lilli gluckste jetzt.

»… dann hättet ihr es ja vielleicht doch mal mit einem Känguruh probieren sollen …«

»Lilli, ich erzähle hier von den düstersten Momenten der Vereinsgeschichte und du machst dich drüber lustig!«

»Entschuldigen Sie bitte, Herr Pfaff! Dann erzählen Sie bitte, wann sie wieder aufgestiegen sind!«

»Schon ein Jahr später! Ich mach's kurz: unsere Heiligen Drei Könige haben alles richtig gemacht, die passenden Spieler geholt, dann …«

»Moment, was haben denn die Heiligen Drei Könige damit zu tun gehabt?«

»Nicht die Richtigen. Der Heribert Bruchhagen hat damals eingesehen, dass er durchaus Verstärkung gebrauchen kann, also hat er den Bruno Hübner als Sport-direktor geholt, und der wiederum den Armin Veh als Trainer. Und die drei haben wir aus Spaß manchmal so genannt. Und mit denen und einer ganzen Menge neuer Spieler sind wir dann wieder aufgestiegen! Und wenn es nach mir geht, gerne auch zum letzten Mal! Irgendwann reicht es mit dem Rauf und Runter!«

»Hm, das verstehe ich. Aber so richtig doll hat es der Eintracht auch nicht geschadet, oder?«

»Na sagen wir: mittendrin schon. Aber insgesamt hat sie sich von diesen Zeiten gut erholt! Und daran sieht man…«
Bonifaz nickte jetzt aufmunternd zu Lilli, die ihn erwartungsvoll anschaute, »…dass es gar nicht so schlimm ist, wenn man mal sitzenbleibt!«

»Oh, daran hab ich schon gar nicht mehr gedacht …«

Sofort verzogen sich ihre Mundwinkel nach unten und erneut schossen ihr dicke Tränen in die Augen. Während ein sichtlich aufgelöster Bonifaz Pfaff in die Küche flitzte, um möglichst schnell neuen heißen Kakao zu machen …!

Volltreffer!

Lilli, Bonifaz und Adler saßen auf der Couch, aßen Salzstangen und guckten dabei eine dieser Sendungen, in denen es immer darum ging, was in einer Kategorie das Beste oder das Peinlichste gewesen war. Davon gab es jede Woche mindestens eine, und manchmal hatte Lilli den Verdacht, dass den Leuten beim Fernsehen öfters mal die Ideen ausgingen.

Mal lief »Die 10 schlecht angezogensten B-Promis«, mal die »Die 40 bestgeformten Fleischwürste Niedersachsens« oder »Die 12 verrücktesten Momente beim Kühemelken!« usw.

Wobei der Ablauf immer der gleiche war: Irgendwelche schrecklich gut gelaunten Moderatoren kündigten Platz soundso an, dann kam ein kurzer Film dazu, der wiederum von irgendwelchen Möchtegern-Prominenten unterbrochen wurde, deren Kommentare das Ganze meist dann noch blöder machten.

Wobei »blöd« für das, was heute lief, noch freundlich untertrieben war.

»Die 25 schönsten Nadelbäume Hessens« war so ziemlich das Bescheuertste und Langweiligste, was Lilli seit langem gesehen hatte, und auch Bonifaz und Adler schienen sich, so wie sie da regungslos auf den Fernseher starrten, mittlerweile in einem Zustand irgendwo zwischen hypnotisiert und gelähmt zu befinden.

»Wisst ihr was?«

Lilli griff sich die Fernbedienung und schaltete den Fernseher einfach aus. »So was können wir auch! Und zwar sehr viel besser als die Schnarchnasen im Fernsehen!«

»Was meinst du denn, Lilli?«

Bonifaz musste erst einmal wieder richtig zu sich kommen, spätestens beim 14. Nadelbaum war er in eine Art Trance verfallen.

»Na, wir machen auch was mit Reihenfolge! Aber mit einer, die wir bestimmen!«

»Nämlich?«

»Wie wäre es, wenn ihr beide erzählt … hmmm …« Sie überlegte. »Genau, jetzt hab ich's! Wenn ihr beide erzählt, welche Eintracht-Spieler die schönsten oder auch wichtigsten Tore aller Zeiten erzielt haben! Das macht bestimmt mehr Spaß, als irgendwelche Bäume anzugucken! Ihr dürft es aber vorher nicht aufschreiben oder so, ihr müsst das jetzt gleich sofort entscheiden, so wie es euch gerade einfällt!«

»Da bin ich dabei!«, antwortete Adler »Und wie viele Tore sollen's sein?«

»Sagen wir … elf! Das passt doch gut zum Fußball!«

Bonifaz Augen leuchteten jetzt nicht nur wieder wach, sie funkelten vor lauter Begeisterung. Dass er Lilli von ganzem Herzen innig liebte, wusste er ja schon immer, aber in Momenten wie diesem liebte er sie noch ein bisschen mehr. Gerührt beobachtete er, wie sie sich einen Stift und einen Block vom Schreibtisch nahm, um sich im nächsten Moment mit erwartungsvollem Gesicht in den großen Sessel zu setzen.

»So, dann legt mal los! Immer einer abwechselnd! Opa, du fängst an. Platz 11 bitte!«

Bonifaz dachte für einen kurzen Moment nach und nickte dann.

»Gut, dann nehme ich für Platz 11 den Treffer von Du Ri Cha in Dortmund! War eine Rakete aus 30 Metern und damit hat er uns damals den Klassenerhalt gesichert! Und das, obwohl er eigentlich kein großer Torjäger war! Ist übrigens der Sohn von Bum Kun Cha, der auch bei uns gespielt hat. Wobei der Vater mit über 40 Treffern deutlich öfter getroffen hat. War aber auch Stürmer.«

Kopfschüttelnd schrieb Lilli ihre Notiz.

»Jetzt du, Adler! Und wenn es geht, dann bitte ohne Vorträge, wer mit wem verwandt ist. Einfach nur Tor und Torschütze! Kurz und bündig!«

»Wollt's ja nur mal erwähnt haben«, murmelte ein etwas verlegener Bonifaz, während Adler einen möglichst fachmännischen Gesichtsausdruck aufsetzte.

»Ich setze auf Platz Nummer 10 das Traumtor von ›Fußball-Gott‹ Alex Meier gegen Düsseldorf. Von der Mittellinie ins rechte obere Eck!«

»Von der Mittellinie?!«

»Okay, es war net ganz die Mittellinie, aber von der Strafraumgrenze war es schon! Außerdem ist dabei das Netz gerissen!«

»Echt?«

»Nee, aber fast ...«

Jetzt war wieder Bonifaz an der Reihe.

»Platz Nummer 9 ... Christoph Preuß' Fallrückzieher gegen die Bayern. Bedrängt im Strafraum und dann so ein Ding! Ich weiß, wovon ich spreche! Ich bin mal vor Jahren bei einer Gartenfeier rückwärts in ein Blumenbeet gefallen! Du siehst ja nicht, wohin du fällst! Und dabei auch noch ein Tor machen, Respekt!«

Lilli musste lachen.

»Das zum Thema ›kurz und bündig‹!«

Jetzt war wieder Adler dran.

»Dann setze ich auf Platz 8 den Scherenschlag von Bernd Nickel beim Abstiegs-Derby in Offenbach. Der hat in der Luft gelegen wie en Kung-Fu-Kämpfer, gute drei Meter Höhe, und dann hat er den eingeschweißt! Und durch den Sieg bei den Kickers ist die Eintracht net abgestiegen!«

»Dazu muss ich euch kurz was erzählen«, grinste Bonifaz. »Bei dem Spiel war ich mit einem Kumpel im Stadion. Und irgendwie sind wir auf der Gegentribüne immer mehr seitlich abgedrängt worden, bis wir irgendwann mitten unter den Kickers-Fans standen. Zum Glück hatten wir keine Trikots oder so an, also haben

die gedacht, dass wir welche von ihnen sind. Dann ist dieses Tor gefallen und wir haben uns statt zu jubeln in die Arme gebissen, bis wir geblutet haben wie die Schweine.

Aber später, nach dem Spiel, wollten wir unsere Freude doch noch irgendwie rauslassen, also haben wir uns vor einen Bus voller OFC-Fans gestellt und, nachdem die Tür vom Bus zu war, fiese Grimassen gemacht!«

»Und?«

»Blöderweise hat der Fahrer daraufhin die Tür wieder aufgemacht. Wir sind bis nach Neu-Isenburg durchgerannt!«

»Schöne Story, Opa! Aber jetzt bitte Platz 7!«

»Entschuldigen Sie, Frau Protokoll-Chefin! Platz 7 geht an Ihren Namensvetter Alfred Pfaff für sein Freistoßtor aus 20 Metern gegen die Glasgow Rangers im Europacup-Halbfinale! Du bist dran, Adler!«

»Auf Platz 6 folgt Fred Schaub. Hat 1980 im Endspiel um den Uefa-Cup gegen Gladbach das alles entscheidende Siegtor geschossen! Unser letzter europäischer Pokal.«

»Und soweit ich weiß, auch der Einzige«, fügte Lilli trocken hinzu.

Bonifaz nickte ernst.

»War ein sympathischer Kerl. Leider viel zu früh verstorben. Autounfall.«

Für einen Moment wurde es ruhig im Raum. Dann war es ausgerechnet Lilli, die die richtigen Worte fand.

»Aber wenn er so ein wichtiges Tor geschossen hat, dann werden ihn die Leute hier bestimmt nie vergessen. Weil ja sein Name auch noch in Jahrzehnten immer wieder genannt werden wird. Das hätte ihm bestimmt gefallen!«

Bonifaz nickte gerührt. Da war was dran.

»Dann nehme ich jetzt für Platz 5 das Tor von Alexander Schur beim Spiel gegen Reutlingen zum 6:3 in der Nachspielzeit. Das war so ein ...«

»Brauchst du nicht nochmal erzählen, Opa, das hatten wir schon, als es ums Sitzenbleiben ging! Platz 4 bitte!«

Adler war wieder an der Reihe.

»Jay Jay Okocha gegen den KSC! Die komplette Karlsruher Mannschaft hat er ausgedribbelt, sogar die Spieler, die auf der Ersatzbank gesessen haben. Plus Zeugwart!«

»Von dem Tor hat mir Opa auch schon vorgeschwärmt. Aber das mit der Ersatzbank und dem Zeugwart ist neu!«

»Gut, dann nehme ich als Nächstes gleich noch eins, von dem ich dir auch schon mal erzählt habe. Bernd Hölzenbeins Sitzkopfball bitte auf Platz 3!«

»Ist notiert!«

So langsam wurde es spannend. Welches Tor würde wohl ganz vorne landen?

»Herr Adler, Ihr Kandidat für Platz 2?«

»Das ist ein Tor, das so spektakulär war, dass es sogar ein Daumenkino davon gibt. Jan Åge Fjørtofts Übersteiger gegen Kaiserslautern zum 5:1! Gute hundert Mal ist er mit beiden Füßen über den Ball gestiegen, bis dem gegnerischen Torwart schlecht geworden ist, weil er vom Hin- und Hergucken einen Knoten im Hals hatte und deswegen net mehr richtig Luft bekommen hat! Und net nur, dass das so ein irres Tor war, das war auch noch der Klassenerhalt in letzter Minute!«

Lilli warf jetzt nochmal einen Blick auf ihren Zettel und das, was ihr die beiden diktiert hatten.

»Okay, das war nicht schlecht! Wobei es schon ein bisschen auffällt, dass ihr gleich vier Tore gewählt habt, die den Abstieg

verhindert haben, und nur eins, mit dem die Eintracht einen Pokal gewonnen habt!«

»Tja, keine Ahnung, woran das liegt.«

Verlegen betrachtete Adler seine Krallen.

»Ist ja auch nicht schlimm. So, Opa, dann machst du jetzt den Abschluss!«

Bonifaz nickte und lächelte dabei.

»Klar gäbe es noch 'ne ganze Menge großer, wichtiger Tore. Die entscheidenden Treffer von Detari oder Körbel in den Pokalendspielen zum Beispiel, oder das, bei dem Marco Gebhard vorher den Ball mit 'nem Hackentrick über Michael Ballack und vor allem sich selbst gespielt hat, Bernd Nickels direkt verwandelter Eckball gegen die Bayern usw. Aber ...«

»Aber?«

»Ich hab mich für ein Tor entschieden, das ich definitiv nie mehr in diesem Leben vergessen kann!«

»Da bin ich aber mal gespannt!«

»Net nur du!«

Erwartungsvoll schauten jetzt beide zu Bonifaz.

»Das war beim Auswärts-Spiel in Bremen. Da war ich zufällig im Stadion, weil ich einen Kumpel in Norddeutschland besucht habe. Jedenfalls hatten wir zu der Zeit einen Torwart, der hieß Jürgen Pahl. Und als der in der Partie gegen Werder den Ball abwerfen wollte, hat er das mit so viel Schwung gemacht und sich so sehr gedreht, dass er sich das Ding versehentlich ins eigene Tor geworfen hat!«

»Nee!«

»Doch!«

Für einen Augenblick war es ganz still, aber dann brachen bei Opa und Enkelin alle Dämme. Lilli kugelte sich vor Lachen auf dem Boden, während Bonifaz glucksend im Sessel saß wie ein überdimensionaler Wackelpudding.

»Natürlich hat er uns leidgetan ... aber es sah halt leider auch saukomisch aus!«, stammelte er während er sich die Lachtränen von den Backen wischte.

Adler hingegen schüttelte nur den Kopf.

»Ein Eigentor auf Platz 1, das kann ja wohl net wahr sein. Gottseidank bekommt das niemand mit. Wenn das ein normaler Eintracht-Fan hört, erklärt er uns hundertprozentig für geisteskrank!«

Verständnislos betrachtete er die beiden, die mittlerweile vor lauter Lachkrämpfen kaum noch Luft bekamen. »Und wenn er euch dann auch noch so sieht, erst recht ...!«

Dalai Pfaff

Als Bonifaz zufällig an Lillis Zimmer vorbeilief, meinte er ein tiefes Seufzen gehört zu haben. Vorsichtig schob er die angelehnte Tür ein wenig auf, um nachzusehen, ob alles in Ordnung war. Lilli saß auf ihrem Bett und schaute mit wehmütigem Blick etwas an, das er von seiner Position aus nicht sehen konnte. Er klopfte leise.

»Lilli, darf ich kurz reinkommen?«

»Ja klar«, nickte sie, ohne den Blick von der Wand abzuwenden. Bonifaz betrat das Zimmer, setzte sich neben sie und schaute jetzt ebenfalls geradeaus. An der Wand hing ein großes Poster, auf dem man einen langen weißen Sandstrand an einem türkisfarbenen Meer sah und auf dem sich nichts befand außer einer Palme.

»Das ist aber schön! Wo ist das?«

»Auf den Malediven!«

»Aha. Und wo hast du das her?«

»War eine Beilage in einem Reiseprospekt.«

Sie seufzte erneut, und Bonifaz ahnte warum.

»Und da würdest du gern mal hin, oder?«

»Ja und wie! Aber das klappt niemals!«

»Wieso sagst du das denn? Du bist gerade mal Acht, da kann man doch noch gar nicht wissen, was noch alles im Leben passiert!«

»Manche Sachen schon. Und das wird nix! Weil es wahnsinnig weit weg ist, weil es viel zu teuer ist und weil wir jetzt, wo Mama das Hotel geerbt hat, überhaupt keine Zeit mehr für so eine Reise haben.«

»Ja, aber man muss auch mal an seine Träume glauben!«

»Jetzt klingst du gerade wie Helene Fischer. Die singt auch immer so'n Zeug!«

»Ich mein das ernst. Nimm mal die Eintracht-Fans!«

»Was haben die denn mit den Malediven zu tun?«

»Nicht direkt damit. Aber damit, an Dinge zu glauben! Was glaubst du denn, wie viele Leute nach dem letzten Abstieg keinen einzigen Pfifferling für unseren Verein gegeben hätten. Im Gegensatz zu uns Fans. Wir haben immer dran geglaubt, dass auch wieder bessere Zeiten kommen. Und was ist passiert? Sie sind nicht nur direkt wieder aufgestiegen, sondern haben auch danach in der 1. Bundesliga super gespielt. Plötzlich waren sie Siebter und damit für Europa qualifiziert! Auf einmal haben wir in Frankreich gespielt, in Israel, auf Zypern, sind Gruppensieger geworden und unter den letzten 16 erst nach einem Hammerspiel gegen Porto ausgeschieden! Und nicht nur das! Die Eintracht-Fans haben regelrechte Feiertage daraus gemacht! In Bordeaux in Frankreich waren ... Achtung ... 12.000 Eintracht-Fans, ZWÖLFTAUSEND! Und alle haben orange Klamotten getragen! Das musst du dir mal vorstellen!«

»Wieso denn orange?«

»Weil ... ähm ...«

»Weil?«

»Weil die das so ausgemacht haben. Ist doch egal, war halt so.«

»Du auch?«

»Ich war ja nicht mit in Frankreich, aber ...« Bonifaz errötete jetzt ein bisschen, »... aber ich hab zumindest zu hause vorm Fernseher mitgemacht!«

»Wie denn? Du hast doch gar keine orangen Klamotten!«

»Ja, das stimmt. Aber mein holländischer Kumpel Jan, mit dem ich hier bei der letzten WM ein paar Spiele angeschaut hab, hat damals seine orangefarbene Fahne hier vergessen, und die hab ich um mich rumgewickelt. Ich sag dir, ich sah aus wie der Dalai Lama persönlich!«

Wer das war, wusste Lilli, da sie über Buddhismus erst vor kurzem im Religionsunterricht gesprochen hatten. Allerdings

wusste sie deshalb auch, dass diese Religion und ihr Opa so viel gemeinsam hatten wie die Stille eines Bergsees und der Faschingsumzug in Heddernheim.

»Jedenfalls waren das die meisten Auswärts-Fans, die man je in der Europa-League gesehen hat. Und warum das alles? Weil wir dran geglaubt haben, dass so was möglich ist!«

»Aha!«

Lilli schaute Bonifaz jetzt ziemlich herausfordernd an.

»Dann versprichst du mir also, dass das mit den Malediven irgendwann mal klappt, wenn ich fest genug dran glaube?«

»Ähm ... naja ... also ... absolut versprechen kann ich das nicht, ich wollte dir nur Mut machen! Und sagen, dass man seine Wünsche nicht aufgeben soll!«

So hundertprozentig überzeugt hatte sie seine Rede zwar nicht, aber zumindest stark besänftigt.

»Okay Helene, dann lass ich das mal auf mich zukommen. Ich habe übrigens noch einen Traum ...«

»Nämlich?«

»Ganz oft, wenn ich die Augen zumache, sehe ich mich, wie ich an einem Sonnentag wie heute auf dem Balkon in deinem Liegestuhl sitze, auf meinem Schoß ein Teller mit einem riesigen Stück Beerenkuchen mit Sahne, dazu 'ne Cola und als Nachtisch Vanille-Eis mit Schokostreuseln!«

Bonifaz kratzte sich jetzt nachdenklich am Kopf.

»Puh, das ist ja fast noch unrealistischer als das mit den Malediven. Aber weißt du was? Ich werde alles ... und zwar ALLES geben, damit sich zumindest dieser Traum erfüllt!«

»Und wann?«

»Ich sag mal ... in zehn Minuten!«

King Duck und der rotschwarze Regenbogen

»Wenn das mal keine Eins plus ist, Lilli! Glückwunsch, das ist wirklich gelungen!«

Herr Sodenberg strahlte über das ganze Gesicht, während er seiner Schülerin anerkennend auf die Schulter klopfte.

Die natürlich auch strahlte. Ihre Eltern würden stolz auf sie sein, wenn sie ihnen das heute Abend am Telefon erzählen würde. Und Bonifaz und Adler sollten es natürlich auch wissen, und das am Besten jetzt gleich. Wo sie die beiden finden würde, wusste sie.

»Ich hätte das nicht gedacht«, hatte ihr Großvater nämlich erst gestern zu ihr gesagt, »aber Enten füttern im Park macht echt Spaß. Wenn die Viecher schnatternd um dich rumwuseln und gierig auf jede deiner Handbewegungen gucken, kommst du dir vor wie King Duck persönlich!«

»Wer ist denn King Duck?«, hatte Lilli gefragt, worauf er sie breit angegrinst hatte.

»Na, das ist der König der Enten! Noch nie was von dem gehört? Den kennt doch jedes Kind!«

Eine Viertelstunde nach Schulschluss erreichte sie das Eingangstor zum Park, schloss ihr Fahrrad ab und rannte Richtung Weiher. Schon von weitem erkannte sie die beiden, wie sie fleißig Brotkrümel in eine aufgeregte Horde Enten warfen.

»Adler! Opa! Ich hab 'ne Eins! 'Ne Eins plus sogar!«

Bonifaz und sein Papagei wunderten sich nicht schlecht, als sie Lilli mit einer großen Papierrolle in der Hand auf sich zuflitzen sahen. Adler schwante nichts Gutes.

»Eieiei, wird Zeit, dass sie langsamer rennt, sonst …«

Bald danach lagen alle drei auf dem Rasen, umgeben von einem guten Dutzend beleidigter Enten, die nicht verstanden, warum es mit der Fütterung plötzlich nicht mehr weiterging.

»Lilli, du kannst doch nicht so in uns reinrennen. Ich bin ein alter Mann, ich …«

»Ach Quatsch Opa, jeder ist nur so alt, wie er sich fühlt. Im Vergleich zu Napoleon bist du zum Beispiel noch ganz jung!«

»Ja, aber der ist ja auch schon fast zweitausend Jahre tot!«

»Siehst du! Hier, ich muss euch was zeigen!«

Aufgeregt entfernte sie das dünne Gummiband von der Papierrolle, um jetzt voller Stolz ihr Werk zu präsentieren. Fasziniert starrten Bonifaz und Adler auf das Bild. Offensichtlich war das da Frankfurt. Im Hintergrund erkannte man die typische Skyline mit ihren Hochhäusern, rechts davor die Alte Oper, links eine Apfelweinkneipe, und dahinter wiederum sah man noch die Umrisse des Frankfurter Stadions. Mittelpunkt des Bildes aber war ein riesiger, rotschwarzer Regenbogen, auf dem jede Menge Fußballspieler

in Eintracht-Trikots standen. Einige streckten Pokale und einer eine große Schale in die Höhe, während ihnen unten eine große Menschenmenge zujubelte!

»Pooh! So gut hab ich als Bub nie gezeichnet!«

Bonifaz war wirklich beeindruckt.

»Ich erklär's euch mal. Also, das sind all die Pokale, die die Eintracht je gewonnen hat plus Meisterschaftsschale. Die zwei außen

links und die zwei außen rechts sind die DFB-Pokale, das dritte von links ist die Schale, und der, den der Spieler in der Mitte hochhält, ist der UEFA-Cup!«

Bonifaz rieb sich gerührt die Nase.

»Den Mann erkenn ich, das ist Fred Schaub!«

»Genau, von dem hast du mir ja erst neulich mal erzählt! Und weil ich von euch wusste, dass es bei ein paar der Pokal-Endspiele stark geregnet hat, hab ich mir gedacht, dass es doch schön wäre, wenn sie alle auf einem Regenbogen stehen!«

»Einem schwarzrot-gestreiften Regenbogen«, verbesserte sie Adler.

»Kein Wunder, dass dir dein Kunstlehrer eine Eins plus gegeben hat! Weil du das einfach super gemalt hast und wegen der vielen schönen Farben ...«

»Ehrlich gesagt, glaube ich nicht, dass es damit so viel zu tun hat! Er hat gesagt, vom Malen her wär es eigentlich eher eine Zwei bis Drei. Auch weil bei ein paar Spielern die Arme viel länger wären als ihre Beine.«

»Ja und?«

»Naja, aber dann hat er gemeint, dass er bei dem UEFA-Cup-Finale damals live im Stadion war, und dass es eines seiner allerschönsten Erlebnisse überhaupt gewesen wäre! Und ich hätt ihn mit dem Bild endlich mal wieder dran erinnert!«

Bonifaz räusperte sich kurz.

»Eija, ist ja auch vollkommen wurscht, warum. Eins plus ist Eins plus!«

»Das stimmt! Und jetzt ...« Lilli betrachtete die Enten, die nur wenige Meter entfernt erwartungsvoll in ihre Richtung glotzten. »... musst du dich wieder um dein Volk kümmern ... King Duck!«

... dass ein paar Jahre später ein weiterer Pokal folgen sollte, wusste Lilli zu diesem Zeitpunkt übrigens noch nicht. Aber dazu später mehr!

Die Kutte

»Mein Gott, seh ich da bescheuert aus!«

»Quatsch, du siehst total goldig aus!«

»Ich weiß net. Irgendwie voll wie so'n Mini-Piepmatz. Wenn du das siehst, glaubst du doch nicht, dass da später ein dermaßen stolzer, wahnsinnig gut aussehender Kerl draus geworden ist, oder?«

»Gib nicht so an! Außerdem ... welchem Baby sieht man denn überhaupt schon an, wie es später mal aussieht?«

Lilli und Adler saßen in der »Höhle der Überraschungen« und betrachteten alte Fotos, die sie in einer der unzähligen Kisten gefunden hatten.

»Ich glaub's nicht ... das ist Opa. Als kleiner Junge!«

»Was'n Pimpf! Und wie dünn der war!«

»Und wie beknackt der da guckt!«

Lilli rollte sich kreischend auf dem Boden und auch Adler bekam sich vor Lachen kaum noch ein.

»Oh Mann, was für ein Foto!«

Bonifaz' Enkelin lag jetzt luftholend mitten im Raum auf dem Rücken, als sie plötzlich hoch über sich etwas entdeckte.

»Was ist eigentlich da drin?«

»Was meinst du denn?«

Lilli zeigte jetzt mit dem Finger nach oben.

»Na, das da! Das so zugeklebt ist. Als sollte keiner sehen, was da drin ist!«

Tatsächlich lag ganz oben auf dem höchsten der Regale eine Art Paket mit Unmengen von Klebeband drumrum.

»Des hol ich runter!«

Geschickt flog Adler auf das Regal, schubste das Paket mit dem Schnabel vor sich her, und schon landete es neben Lilli, die es neugierig abtastete.

»Hm, fühlt sich an wie was Weiches, wie was aus Stoff oder so …«

Ungeduldig wie beim Geschenkauspacken rissen sie jetzt Papier und Klebeband ab.

»Wow, was ist das denn Komisches? Schön ist es jedenfalls schon mal nicht!«

Fragend hielt Lilli eine Art Jeans-Weste in den Händen. Allerdings keine normale, sondern eine, die mit jeder Menge Aufnähern bestickt war.

»Das nennt man ›Kutte‹«, klärte Adler sie auf. »Ist net mehr ganz so modern heute, aber 'ne Zeit lang ham des Fußball-Fans gerne angezogen!«

»So wie ich damals!«

Erschrocken drehten sich Lilli und Adler um, denn sie hatten gar nicht mitbekommen, dass Bonifaz den Raum betreten hatte. Sein verlegener Gesichtsausdruck verriet, dass es ihm etwas unangenehm war, dass die beiden das Teil hier gefunden hatten.

»Von wann ist das Ding denn?«

»Das stammt aus der Zeit, als ich noch ein junger Kerl war!«

»Also so Ende des 19. Jahrhunderts«, murmelte Adler. Natürlich hatte Bonifaz das gehört, aber er ignorierte es einfach.

»Zu der Zeit waren Kutten schwer angesagt! Und je mehr Aufnäher man drauf hatte, umso cooler war man!«

Lilli legte die Weste jetzt auf den Boden, so dass man sich alles genau anschauen konnte.

»Dann erklär mir mal, was die alle zu bedeuten haben! Der große runde in der Mitte ist klar, das ist der Eintracht-Adler …«

»Genau. Der steht im Mittelpunkt und muss natürlich am größten sein!«

»Und warum sind dann noch welche von Gladbach, Dortmund und Werder Bremen daneben?«

»Weil mir die auch noch sympathisch waren. Und übrigens auch immer noch sind.«

»Aha! Und wer sind ›The Kinks‹?«

»Das war 'ne Band, die ich gut fand!«

»Und der Hase mit dem Ding da am Hals?«

Bonifaz bekam jetzt einen roten Kopf.

»Das ... das ... also das ... tja ... wie soll ich sagen ... ?«

»Das war zu der Zeit, als dein Opa noch Mitglied in einem Hasenzuchtverein gewesen ist, und das war das Vereinswappen!«, klärte Adler die Situation. Wofür er einen dankbaren Blick seines Herrchens erntete, denn zum Glück hatte Lilli anscheinend noch nie was vom »Playboy-Bunny« gehört.

»Ach so. Und im Reitverein warst du wahrscheinlich auch oder wozu gehört das Pferd?«

Sie deutete auf einen Aufnäher, der ein gezeichnetes Pony zeigte.

»Das war unser ›Schöppche‹! War eine Zeit lang das Eintracht-Maskottchen!«

»Lächerlich!« Adler schüttelte verständnislos den Kopf. »Einen Adler im Vereinswappen und dann 'en Pony als Glücksbringer! Saublöd, so was!«

»Ja, aber es war ja auch nur für ein paar Jahre!«

Lilli war immer noch beim Bestaunen der vielen verschiedenen, wenn auch mittlerweile etwas vergilbten oder eingerissenen Aufnäher und Sticker.

»Und was bedeutet ›Besser en wackelische Stammtisch als en feste Arbeitsplatz!‹? Kapier ich nicht!«

»Macht nichts, ist nur so'n Spruch.«

Lilli zeigte auf einen Sticker, auf dem ein Mann mit Bart, Zigarre im Mund und einer flachen Mütze auf dem Kopf abgebildet war.

»Hat der das gesagt?«

»Nein, das ist Che Guevara, kennst du nicht. War ein kubanischer Revolutionsführer!«

»Aha! Und der daneben? Auch ein Revolutionsführer?«

»Nicht ganz! Das ist Karl-Heinz Körbel! Der treue Charly! 602 Bundesligaspiele! So viele wie sonst keiner! Und alle im Eintracht-Trikot! Trainiert heute die Kinder in seiner Fußballschule! Schad, dass ich schon so alt bin!«

Lilli nickte.

»Ja, aber wenn du jünger wärst, hättest du bestimmt auch nicht so interessante Sachen wie die Kutte hier. Ich find das super, dass wir die gefunden haben!«

Bonifaz grinste.

»Schön, dass du das so siehst! Also gefällt sie dir.«

»Nein, ehrlich gesagt, die sieht furchtbar aus, außerdem müffelt sie echt schlimm. Aber wenn mir mal wieder jemand erzählen will, dass früher immer alles besser war, dann kann ich sagen ›Was Fanklamotten angeht, stimmt das schon mal ganz sicher nicht!‹«

Drei Träume

Normalerweise ging es am Pfaffschen Frühstückstisch immer munter zu. Vor allem Lilli war morgens, wie Bonifaz es nannte, ein »Babbelkraftwerk erster Güte«, aber auch er und Adler waren alles andere als schweigsame Morgenmuffel.

Heute aber war es merkwürdig still, keiner sagte auch nur ein Wort. So still, dass man dafür jedes auch noch so dezente Geräusch hörte. Ob das Streichen der Butter auf Bonifaz' Brötchen, Lillis Löffelrühren in ihrem Kakao oder Adlers Picken in eine Weintraube, plötzlich konnte man Dinge hören, die man sonst überhaupt nicht registriert hätte.

»Sagt mal, warum redet eigentlich heute niemand?«

Bonifaz war der Erste, der das Schweigen brach.

»Ist nicht böse gemeint, Opa, aber ich muss dauernd an meinen Traum von letzter Nacht denken!«

»Ach so. Das ist ja interessant. Geht mir nämlich heute auch so, ich hab auch so intensiv geträumt.«

Adler nickte.

»Da kann ich mich nur anschließen, so'n Traum hatte ich noch nie! Aber erzähl erst mal du, Lilli!«

»Ich hab geträumt, dass ich Training hatte mit Blau-Gelb, und dass plötzlich Bastian Oczipka und Alex Meier zu uns auf den Trainingsplatz gekommen sind. Und dann haben sie uns gefragt, ob wir Lust hätten, beim Spiel gegen Wolfsburg mit den Mannschaften auf's Spielfeld zu laufen! So wie ich es neulich im Stadion gesehen habe.«

»Als Einlauf-Kinder! Da bist du bestimmt nicht das einzige Mädchen, das davon träumt. Davon träumen wahrscheinlich Kinder auf der ganzen Welt! Und?«

»Alex Meier hat dann gemeint, dass sie schon elf Kinder von einem anderen Verein hätten, also nur noch elf von uns bräuchten. Das Problem war aber, dass wir ja in unserem Kader 20 Spieler haben!«

»Oh jesses! Und dann?«

»... hat Bastian Oczipka eine Mütze mit lauter kleinen, zusammengefalteten Zettelchen rumgehen lassen und gesagt, dass wir das auslosen müssten. Die, die einen Zettel mit einem Ball drauf ziehen, wären dabei, hat er gemeint.«

»Und? Was war mit deinem Zettel. Mit oder ohne Ball?«

»Das weiß ich nicht! In dem Moment, in dem ich den Zettel auseinandergefaltet habe, hat der Wecker geklingelt!«

»Was'n Pech! Jetzt weißt du gar nicht, ob du mit einlaufen hättest dürfen oder nicht!«

»Ja, aber es war ja auch nur ein Traum. Und du, was hast du geträumt, Opa?«

»Also es ist mir ein fast ein bisschen peinlich, aber ich hab geträumt, ich war im Stadion, und plötzlich hat der Stadionsprecher um Aufmerksamkeit gebeten. ›Heute möchte die Eintracht jemanden begrüßen, der schon viele Jahrzehnte Fan ist. Und weil so viel Treue belohnt werden muss, begrüßen Sie bitte mit einem tollen Applaus Herrn Bonifaz Pfaff!‹ Und dann hat das ganze Stadion geklatscht! Und nicht nur das, hinterm Tor haben die Ultras plötzlich ein riesiges Banner abgerollt, und da war ich drauf abgebildet. Mit 'nem Glas Äppler in der Hand!«

»Ach du liebe Zeit! Wie kann man denn so was von sich träumen? Das ist ja voll peinlich!« Adler schüttelte den Kopf. »Hätte ja nur noch gefehlt, dass sie dich noch zum Ehrenpräsidenten ernennen ...«

Bonifaz wurde jetzt leicht rot.

»Das wollt ich ja grad noch erzählen ...«

„»Na gut, jetzt wissen wir, was Opa und ich geträumt haben. Fehlst nur noch du, Adler!«

»Okay! In meinem Traum hat es abends plötzlich an der Tür geklingelt, und weil ich alleine zuhause war, hab ich aufgemacht. Und wer steht da vor mir? Attila, der Eintracht-Adler! Ihr wisst schon, der vor jedem Spiel ins Stadion getragen wird. Das Maskottchen!«

Lilli musste jetzt lachen.

»Wieso hat der denn geklingelt? Adler klingeln doch nicht, die klopfen von außen ans Fenster oder so.«

»Was weiß ich? Jedenfalls hab ich ihn reingebeten und ihm einen Keks angeboten. Wollte er aber nicht, weil er auf seine Figur achten müsse. Also hab ich seinen Keks mitgegessen.«

»Zur Sache, Adler!«

»Tschuldigung! Dann hat er jedenfalls gesagt, dass er beim nächsten Heimspiel nicht dabei sein könne, weil sein Vater, der in Amerika in den Rocky Mountains lebt, Geburtstag hätte und er deshalb dorthin fliegen müsse!«

»Er wollte bis nach Amerika fliegen? Da ist er doch monatelang unterwegs!«, rief Lilli.

»Nee, er meinte mit der Lufthansa würde es ungefähr zehn Stunden dauern!«

»Oh!«

»Jedenfalls wollte er mich fragen, ob ich ihn an diesem Tag vertreten könne! Ich wollte natürlich cool bleiben, also hab ich gesagt, ich müsse erstmal drüber nachdenken. Und dann hab ich so lange nachgedacht, bis ich aus Versehen aufgewacht bin ...«

»Na, so viel weniger peinlich als mein Traum war der aber auch nicht!«, murmelte Bonifaz.

»Ich glaub, ich weiß warum wir alle so doll geträumt haben. Unsere Lehrerin hat uns nämlich erklärt, dass jetzt bald wieder Vollmond sei und dass man da entweder schlecht schläft oder aber ganz viel verrücktes Zeug träumt!«

»Kann schon sein ...« Bonifaz grinste. »Kann aber auch daran liegen, dass hier drei Eintracht-Fans manchmal leicht einen an der Waffel haben!«

Adler nickte.

»Ich würde auch eher auf Letzteres tippen ...«

Spitzen T-Shirt

»Guck mal, Adler!«

Stolz drückte Bonifaz seinen Bauch nach vorne, um so das Motiv seines T-Shirts im wahrsten Sinne des Wortes besser hervorzuheben.

»Hab ich heute morgen im Fan-Shop gekauft. Super, oder? Und weißt du was? Wenn in ein paar Minuten die Bundesliga-übertragung im Radio anfängt, probier ich das mal als neuen Glücksbringer aus!«

Interessiert betrachtete Adler das weiße T-Shirt mit dem schwarzen Aufdruck. In gut leserlicher Schrift stand da:

»Frankfurt's Stolz – der Grabi und der Holz!« und darunter die gemalten Köpfe von Jürgen Grabowski und Bernd Hölzenbein.

»Und das gibt es wirklich im Fan-Shop?«

»Ja! Gefällt's dir?«

»Hm ... also net, dass ich's schlecht fänd. Das Einzige, was ein bisschen komisch ist ...«

»Was ist komisch?«

»Naja ... das Apostroph da nach Frankfurt.«

»Das was?«

»Das Apostroph! So nennt man dieses Häkchen da zwischen ›Frankfurt‹ und dem ›s‹.«

»Was ist denn damit?«

Bonifaz versuchte jetzt selbst einen Blick auf die Vorderseite des Shirts zu werfen, aber irgendwas zwischen Kinn und Hals hinderte ihn daran.

»Das ist falsch. Es muss heißen ›Frankfurts Stolz‹. Ohne Apostroph. Tut mir leid, Chef, aber das T-Shirt hat einen Grammatikfehler!«

»Woher willst denn ausgerechnet du das wissen?«

»Na, von dir! Als du mich damals gefunden und mit zu dir genommen hast, wolltest du doch unbedingt, dass ich der klügste Adler von allen werde und hast mir jeden Tag was beigebracht. Sogar Lesen und deutsche Grammatik! Deswegen finde ich es auch ein bisschen komisch, dass du das nicht selber gemerkt hast!«

Bonifaz' Kopf nahm jetzt eine rötliche Färbung an.

»Hab ich ja, aber ich ... also ich fand es trotzdem schön ...is' ja

'en prima Shirt ... auch von der Stoffqualität her ... und die beiden sind ja die Dribbel-Helden meiner Jugend und ... und ... so ...«

»Na klar, Hauptsache, dir gefällt's! Und ob es jetzt nur wegen dem Fehler Pech bringt, weiß man ja auch gar nicht.«

Eine halbe Stunde später schaltete ein immer noch leicht verlegener Bonifaz Pfaff das Radio an.

Und das alte, schwarzrot-gestreifte Trikot, das er jetzt trug, hatte als Glücksbringer bei schweren Auswärtsspielen ja schon oft ziemlich gut funktioniert ...

Eine Frage des Blickwinkels

Wütend pfefferte Lilli ihren Schulranzen durch den Flur, so dass Bonifaz, der gerade mit einem dampfenden Kochtopf in den Händen aus der Küche kam, erschrocken beiseite springen musste und nur dank des Türrahmens nicht das Gleichgewicht verlor.

»Hey! Nicht so stürmisch, junge Dame! Was ist denn los?«

»Ich bin stinksauer!«

»Deswegen schmeißt man nicht gleich mit Ranzen nach kochenden Großvätern. Auf wen bist du denn überhaupt sauer? Und warum?«

»Auf Hannah aus meiner Klasse! Die ist so blöd! Und gemein auch noch!«

»Was hat sie denn gemacht?«

»Wir haben heute Mathe zurückbekommen. Sie hat wie immer eine Eins, ich nur 'ne Vier. Deswegen hat sie gesagt, dass sie klüger wäre als ich und dass ich es bestimmt nicht so weit bringen würde wie sie!«

»Oh, das war tatsächlich nicht sehr nett!«

»Sag ich doch!«

»Ist sie denn wirklich in allen Fächern besser als du?«

»Natürlich nicht! In Kunst zum Beispiel bin ich besser! Ich male viel schöner als sie, und basteln kann ich auch besser!«

»Dann ist doch alles gut! Damit lässt es sich doch gut leben!«

Lilli sah ihn verblüfft an.

»Was? Versteh ich nicht. Wie meinst du das denn?«

»Na, das ist im Prinzip wie bei der Eintracht. Die wird wahrscheinlich auch nie an Bayern München vorbeiziehen. Weil die mehr Kohle haben und sich die besseren Spieler leisten können.«

»Ja und?«

»Dafür sorgen bei uns aber die Fans im Stadion schon immer für die besten Choreographien. Da kommt kein Verein in ganz Deutschland mit, nicht mal die Bayern. Also sind wir da Meister!«

»Aha!«

»Ja, ist immer nur die Frage, von wo aus man etwas betrachtet, Lilli!«

Bonifaz hatte jetzt diesen typischen Gesichtsausdruck, den man bekommt, wenn man selbst begeistert darüber ist, was man gerade von sich gegeben hat.

»So, so. Und ist das dann genau so viel wert wie wenn man im Fußball Meister wird?«

Bonifaz kratzte sich verlegen am Kinn.

»Das ist ... ähm ... Ansichtssache!«

Wie immer in solchen Momenten legte Lilli skeptisch den Kopf zur Seite.

»Sonst noch Gründe, warum ich mich nicht aufregen soll?«

»Essen ist fertig!«

Schon verschwand er in der Küche ...

Geheimnis-krämerei

Die letzten Tage im Hause Pfaff waren irgendwie ein bisschen merkwürdig gewesen, was vor allem an dieser plötzlichen Geheimniskrämerei gelegen hatte. Denn ständig hatte einer der drei hinter geschlossener Tür mit leiser Stimme telefoniert und jedes Mal sofort aufgelegt, sobald einer der anderen den Raum betreten hatte. Da aber jeder der drei offensichtlich irgendein Geheimnis hatte, traute sich auch keiner, die anderen beiden zu fragen, warum sie sich denn so komisch verhielten. Dementsprechend war die Stimmung ein klein wenig angespannt, weil niemand so recht wusste, was hier eigentlich los war.

Da kam das Spiel gegen Wolfsburg wie gelegen, denn beim Fußball kann man sich bekanntlich sehr gut ablenken. Als sie dieses Mal auf das Stadion zuliefen, fühlte sich die Sache für Lilli schon ganz anders an als beim ersten Mal. Der Drache war komplett verschwunden und Lilli spürte, wie sehr sie sich auf das Spiel freute. Auch weil sie etwas wusste, was die beiden anderen nicht wussten!

Ganz plötzlich blieb Bonifaz stehen.

»Wartet mal kurz. Ich muss Lilli was sagen. Was Wichtiges! Ich hab nämlich eine Überraschung für dich!«

»Das trifft sich gut!«, antwortete seine Enkelin. »Ich hab nämlich auch eine Überraschung. Allerdings für Adler!«

»Das gibt's doch gar net! Und ich hab eine für Bonifaz! Ich verrate aber noch net, was es ist!«

»Gut, aber ich muss es Lilli jetzt sagen! Sonst funktioniert es nämlich nicht!«

BONIFAZ

»Und ich muss es Adler sagen! Sonst klappt das auch nicht.«

Schon steckten sie die Köpfe zusammen. Kurz darauf liefen die drei grinsend weiter Richtung Stadion. Das also hatte es mit der Geheimniskrämerei die ganze Zeit auf sich gehabt ...

Das Ding!

Für einen Moment war es mucksmäuschenstill im Hause Pfaff. Genauer gesagt im Wohnzimmer. Dort, wo der Fernseher lief. Auf den jetzt alle drei starrten.

»Des gibt's doch net …«, murmelte Bonifaz, »jetzt sind die Kerle schon wieder im Pokalfinale …!«

Auf dem Bildschirm sah man einen Knäuel aus Eintracht-Spielern, die dank eines raffinierten Hackentrick-Tors von Luca Jovic gerade Schalke 04 im Halbfinale des DFB-Pokals besiegt hatten.

»Meinst du, wir können diesmal da hin? Bitte, Opa! Bitte, bitte, bitte!«

Bonifaz' Siegergrinsen wich jetzt einem eher skeptischen Gesichtsausdruck.

»Eieiei! An Karten zu kommen, wird wahrscheinlich net so leicht, Lilli. Aber ich guck mal, was ich machen kann!«

Doch wo immer Bonifaz in den darauffolgenden Tagen auch anrief, wen immer er auch fragte, keiner konnte ihm weiterhelfen. Anscheinend wollte jeder zu diesem Spiel. Zum Schluss war er kreuz und quer durch die komplette Innenstadt gelaufen, in der Hoffnung, vielleicht doch noch in einem der Kartenvorverkauf-Shops fündig zu werden. Aber wahrscheinlich wäre es ergiebiger gewesen, das Wasser des Mains nach Gold durchzusieben als Karten für's Pokalfinale zu bekommen. Wobei die Tatsache, dass man ausgerechnet gegen den Bundesliga-Tabellenführer, nämlich die Bayern aus München spielen würde, die Sache nicht unbedingt einfacher machte. Und so war er denn schließlich mit leeren Händen Richtung heimatliche Wohnung gelaufen.

»Dann bring ich Lilli wenigstens 'en paar von dene Lakritzschlange mit, die sie so gern isst«, murmelte ein deutlich abgeschaffter und enttäuschter Bonifaz, während er in Richtung des kleinen Kioskladens von Willi Betzmann lief.

Als er diesen kurz darauf betrat, fiel ihm wie immer dieses riesige Durcheinander auf. Was vor allem daran lag, dass es hier scheinbar alles gab. Süßigkeiten, Zeitschriften, Zigaretten, belegte Brötchen, Batterien, aber auch Fahrradschläuche, Babynahrung oder Waschmittel.

»Mer waaß ja nie, was aaner braucht, also muss mer immer uff alles eingestellt sein!«, erklärte Willi Betzmann tagtäglich jedem, der es hören wollte. Wobei er es aber auch genauso gern all jenen erzählte, die das absolut null interessierte. Bonifaz kam schon seit Jahren hierher, meist um Fußball-Zeitschriften oder eben Süßigkeiten für Lilli zu kaufen, auch wenn ihm der Ladenchef aufgrund seiner aufdringlichen Geschwätzigkeit immer ein bisschen auf den Geist ging. Aber dafür gab es hier eben fast nichts, was es nicht gab, und außerdem waren es nur ein paar Meter von seiner Haus- bis zur Ladentür.

»Ach guck mal aaner an, de Herr Pfaff! Kann des sein, dass wir e bissi abgekämpft sind?«, empfing ihn der Ladenbesitzer in gewohnter Manier.

»Ob Sie abgekämpft sind, weiß ich nicht ... ich bin es auf jeden Fall!«, entgegnete Bonifaz leicht genervt. »Seit Tagen versuche ich an Karten für's Pokalfinale zu kommen, keine Chance. Ich hab ehrlich gesagt keine Idee mehr, wen ich noch fragen könnte ...«, seufzte er.

Sein Gegenüber nickte wissend.

»Ja, des glaub ich, sind schwer begehrt, die Dinger!«

Betzmann grinste jetzt, und es war kein besonders freundliches, sondern eher ein ziemlich überhebliches Grinsen.

»Dadefür brauch man schon richtisch gude Beziehunge!«

Dabei öffnete er eine Schublade unter der Registrierkasse und hielt plötzlich zwei Karten in der Hand.

Bonifaz starrte auf die Tickets wie Indiana Jones seinerzeit auf den heiligen Gral. »DFB Pokalfinale 2018«, stand da dick und fett.

»Verkaufe Sie die?«, presste er mühevoll hervor.

Willi Betzmann lachte jetzt laut.

»Nein. Aber ich kann Sie Ihne gern schenke!«

»Im Ernst?«

»Nein, natürlich net! Des war 'en Joke! Da fahren mei Frau und ich natürlich schön selber hin! Aber ich winke Ihne gern ma von de Haupttribüne in Berlin zu, vielleicht sehen Sie mich ja, wenn Sie's im Fernseh gucke!«

Bonifaz nickte resigniert. Die kleinen Fiesheiten seines Gegenübers machten jetzt auch nichts mehr.

»Soll net sein mit den Karten«, murmelte er und atmete tief durch. »Gut, dann hätte ich gern zehn von dene Lakritzschlange!«

Willi Betzmann schaute sich jetzt suchend im Laden um.

»Wo habbe mer die denn jetzt schon wieder? Renate! Renaaaate! Komm doch ma!«

Schon erschien Renate Betzmann hinter dem Verkaufstresen. »Was schreiste dann hier rum Willi? Ich bin doch net taub!« Dabei zwinkerte sie Bonifaz freundlich zu. Sie mochte den älteren Herrn, der schon so lange zu ihnen kam und sich immer geduldig das manchmal schon sehr überflüssige Gewäsch ihres Gatten anhörte.

»Ich such die Lakritzschlange!«

»Ei, die haste doch ganz obbe ins Regal gestellt!«

Willi Betzmann schaute jetzt nach oben, wo im obersten Fach des großen Regals das Glas mit dem Lakritz-Naschwerk stand. »Stimmt! Ei ja, dann hol ich 'se halt wieder runner. Is ja kein Problem!«

Er holte eine alte Klappleiter aus dem Nebenraum, und kurz drauf machte er sich auf den Weg nach oben.

»Pass gut uff Willi, des Ding is net mehr es jüngste. Wie du übrigens auch net!«

»Renate, du weißt doch wie's ist … 'en gute Indianer verlernt ja net es Anschleiche, nur weil er e bissi älter geworn is. Was mer druff hat, hat mer dru …«

Weiter kam er allerdings nicht, denn genau in dem Moment brachen erst die oberste, dann alle Sprossen. Und schon schoss Willi Betzmann die Leiter gefühlt ungefähr hundertmal schneller runter als er sie hochgeklettert war, um dann mit einem dumpfen Aufprallgeräusch auf dem harten Boden zu landen. Mit aufgerissenen Augen starrten Renate Betzmann und Bonifaz auf den Abgestürzten. Der jetzt stöhnend hinter der Ladentheke lag, und dessen rechte untere Beinhälfte in einem ausgesprochen merkwürdigen Winkel zum oberen Teil lag. Fassungslos blickte Betzmann erst auf sein Bein und dann zu den beiden.

»Ich würd sagen, der Indianer hat sich grad beim Anschleiche es Bein gebroche!«, kommentierte Renate Betzmann das gerade Geschehene erstaunlich trocken.

Eine halbe Stunde später befand sich Willi Betzmann auf der Liege eines Krankenwagens, wo ihn einer der Sanitäter jetzt anschnallte.

»Ich komm in 'ner Viertelstunde nach, Willi! Ich muss noch den Laden abschließe!«, erklärte seine Frau dem Unglücksraben, bevor jemand die Hecktüren schloss und das große, weiße Fahrzeug langsam losfuhr.

»Da fährt er jetzt, mein Häuptling ‚Große Klappe'«, meinte Renate Betzmann kopfschüttelnd.

»Tut mir alles echt sehr leid!«, murmelte Bonifaz. »Kann ich Ihnen wenigstens noch irgendwie helfe?«

Renate Betzmann lächelte ihn dankbar an.

»Des is nett, aber ich komm zurecht. Aber wie isses mit Ihnen? Kann ich noch was für Sie tun?«

Er kratzte sich verlegen am Kopf.

»Also bitte net falsch verstehen ... aber Ihr Mann hat mir erzählt, dass Sie

zum Pokalfinale fahren wollte. Allerdings war des noch … also … bevor er sich es Bein gebroche hat. Was ich nur sagen will … falls Sie niemanden finden, der …«

Weiter musste er sich aber gar nicht erklären.

»Schon gut. Ich war eh net wirklich scharf drauf. Allein die ganze Reiserei!«

Dann öffnete sie die Schublade ...

Die nächsten Tage war Bonifaz der ungekrönte König im Hause Pfaff. Für Lilli, weil er doch noch Endspielkarten besorgt hatte, und für Adler, weil er diesem in einem Anfall von übertriebener Gutmütigkeit versprochen hatte, ihn nach Berlin mitzunehmen.

»Natürlich könntest du auch ins Stadion fliegen, aber die Gefahr, dass du uns dann bei dene viele Leute net findest, ist mir zu groß. Aber keine Sorge, mer krieje dich da auch annerster rein!«, hatte er gemeint. Worauf Adler, genau wie Lilli, an nichts anderes mehr gedacht hatte, als an das große Spiel.

Ein paar Wochen später war es soweit. Bonifaz und Lilli standen in der Schlange vor einem der Eingänge zum Berliner Olympiastadion und näherten sich langsam den Ordnern, die nicht nur die Karten, sondern auch die Handtaschen, Rucksäcke, aber auch die Kleidung der Besucher kontrollierten. Und Adler? Der befand sich regungslos in Lillis Hand.

»Ist mein Lieblings-Stofftier. So eine Art Glücksbringer!«, erklärte sie kurz darauf der Kontrolleurin am Eingang.

»Och toll. Zeig doch mal!« Schon nahm sie Lilli Adler einfach ab und betrachtete ihn eingehend. »Sieht verdammt echt aus!«, meinte sie freundlich. »Und fühlt sich auch voll echt an!« Dabei zog und zupfte sie an Adlers Federn. »Na dann drück ich dir die Daumen, dass er dir auch Glück bringt! Werdet ihr brauchen gegen die Bayern!«

Lilli nickte. Dass die Mannschaft aus München das war, was

man einen klaren Favoriten nannte, wusste sie. Dass aber Favoriten nicht immer automatisch als Sieger vom Platz gingen, wusste sie zum Glück auch. Schließlich waren sie ja nicht hergekommen, um einfach nur zuzuschauen, wie ihre Eintracht die Mütze voll bekommt! Auch wenn Bonifaz mittlerweile im Fünf-Minuten-Takt Sätze wie »Eieiei, des wird schwer!« oder »Wenn des ma gutgeht …« murmelte.

Wenig später saßen sie auf ihren Plätzen.

»Ostkurve, Block 33«, hatte Lilli laut auf den Tickets gelesen, bevor sie sich auf die Suche gemacht hatten. Als sie sie erreicht hatten, staunte Lilli nicht schlecht, denn über den Rückenlehnen ihrer Sitze hingen weiße Trikots. Beide mit der Rückennummer 12.

»Wow, extra für uns? Das ist ja nett!«

»Also ‚nur für uns' würd ich jetzt net sagen, wenn ich mich so umguck …«, entgegnete Adler, während er sein zerzaustes Gefieder mit dem Schnabel wieder glättete. »Kerle hat die Alte an mir rumgezubbelt. Ich dacht, ich müsst sterbe vor Schmerze! Wahrscheinlich hat die als Mädsche ihren Barbie-Puppe auch immer die Arme rausgedreht!«

Lilli schaute sich jetzt um. Adler hatte Recht, sie waren nicht die Einzigen, denen man solche Trikots geschenkt hatte.

Alle um sie herum hatten welche bekommen, und die meisten trugen sie auch schon.

»Na, dann ziehen wir unsere auch mal an!«, rief Lilli fröhlich, und schon stülpten sie sich die neuen Errungenschaften über den Kopf. Wobei sich Größe L für beide als nicht wirklich optimal herausstellte. Während Lilli das Trikot noch mit jemand ähnlich Großem gut hätte teilen können, sorgte der Bauch von Bonifaz hingegen eher für gewisse Platzprobleme.

»Jetzt kann ich mir ungefähr vorstellen, wie sich des Innere einer Rindsworscht fühlt, wenn man es in die Hülle stopft!«, stöhnte er. Aber wieder ausziehen ging nicht, denn das, und da waren sich Lilli und Adler schnell einig, würde Pech bringen.

Da noch reichlich Zeit war, studierte Lilli jetzt erst nochmal in Ruhe das Berliner Olympiastadion. Das ein ganzes Stück größer war als das Stadion in Frankfurt. »Nicht unbedingt schöner, aber trotzdem beeindruckend…«, dachte sie, während sie ihre Blicke immer wieder über das riesige Areal mit den vielen

Menschen schweifen lies. Am meisten Bewegung und Stimmung war in den Kurven hinter den beiden Toren, wo sich jeweils die offiziellen Fanblöcke beider Teams befanden. Sie zupfte Bonifaz am Ärmel.

»Ich will ja nicht gemein sein, aber ich hab das Gefühl, die Eintracht-Fans sind lauter!«

Bonifaz nickte. Eigentlich war er schon in diesem Zustand absoluter Anspannung und dementsprechend kein besonders guter Gesprächspartner mehr. Andererseits war Lilli die Einzige, die ihn in so einem Moment überhaupt noch ansprechen durfte.

»Naja, Lilli, des kann auch daran liegen, dass wir es viel mehr wollen als die Bayern-Fans! Wenn du jeden Tag es teuerste Essen serviert bekommst, isses irgendwann net mehr so wichtig für dich. Wenn du sowas aber nur ganz selten bekommst, bist du natürlich viel versessener drauf!«

Lilli nickte. Ihr Opa hätte es auch einfacher erklären können, aber trotzdem hatte sie verstanden, dass Bayern-Fans nun mal erfolgsverwöhnter waren als die Eintracht-Anhänger.

Und dann, nach einer beeindruckenden Choreographie der Eintracht-Fans, zu der auch unsere Drei mit Fahnenschwenken, Konfettiwerfen und lautem Gesang ordentlich beitragen konnten, war es endlich soweit! Das Pokalfinale 2018 wurde angepfiffen! Und das vermutlich jeder, der es gesehen hat, für immer im Kopf behalten wird. Schon nach wenigen Minuten war klar, dass die Eintracht nicht mal im Ansatz Lust verspürte, den großen Bayern das Ruder zu überlassen.

»Guckt mal, was unsere Jungs für eine breite Brust habbe!«, staunte Bonifaz nicht schlecht. Was die Lage recht gut beschrieb, und auch die Tatsache unterstrich, dass Ante Rebic schon nach 11 Minuten das 1:0 für die Eintracht erzielte, indem er den Ball aus vollem Lauf flach genau in das kleine freie Stück zwischen der linken Hand von Bayern-Torwart Sven Ulreich und dem Pfosten hämmerte. Das Stadion schien jetzt zu explodieren, und die

Frankfurt
Frankfurt
Frankfurt

Eintracht fightete tatsächlich um jeden Ball, als ginge es um Leben und Tod. Als es nach Ende der ersten Halbzeit immer noch 1:0 stand, und die Spieler in die Pause gingen, war der Jubel der Eintracht-Fans um sie herum so laut, dass Lilli ihr eigenes Wort nicht mehr verstand. Weshalb sie auch erst einmal nichts mehr sagte. Aber auch wenn es akustisch möglich gewesen wäre … zu größeren Gesprächen war keiner unserer Drei wirklich im Stande, dafür war die Nervosität einfach immer noch zu groß. Also starrten sie wie gehabt auf das Spielfeld, auf dem es jetzt, in der Halbzeitpause, eigentlich nichts Besonderes zu sehen gab. Es sei denn, man fand es spannend, Männern in Arbeitskleidung dabei zuzusehen, wie sie nach Löchern im Rasen suchten, um diese wieder zuzustopfen.

Kurz nach Wiederanpfiff passierte dann das, was Bonifaz mit »Ja klar, was sonst? Sind ja die Bayern …« kommentierte.

Diese erzielten nämlich, nach nur einem guten Spielzug, sozusagen aus dem Nichts, den Ausgleich.

»Jetzt breche se ein, jetzt breche se ein!«, jammerte Adler, der auf Lillis Schulter saß. Die Eintracht schien allerdings keineswegs einbrechen zu wollen, sondern spielte genauso mutig und unbeeindruckt weiter wie schon zuvor. Und mit jeder weiteren Spielminute wuchs bei den Eintracht-Fans der Glaube, dass heute, gegen einen eigentlich übermächtigen Gegner, ein Wunder drin wäre. Wobei man natürlich trotzdem bei jedem Bayern-Angriff die Luft anhielt und sich mit Sprechchören selbst Mut machte. Und dann geschah tatsächlich das, was alle Frankfurter Anhänger so sehnlich herbeigewünscht hatten: Die Eintracht erzielte in der 82. Minute erneut die Führung! Und zwar wieder durch Ante Rebic, der heute anscheinend beschlossen hatte, das Spiel seines Lebens zu machen. Hatten unsere Drei das Spiel bis jetzt eher unruhig hin und her rutschend verfolgt, schienen sie jetzt eher in eine Art kollektiven Hypnosezustand zu geraten.

Wobei Bonifaz trotz seiner maroden Bandscheibe nicht länger sitzen mochte, sondern lieber stand, während Lilli kerzengerade auf dem Schalensitz saß und das Spiel fixierte wie eine Schlange das Kaninchen, das sie sich als Hauptgang ausgewählt hat. Adler verbarg mittlerweile vor lauter Anspannung seinen Kopf in Lillis Haaren, was diese allerdings überhaupt nicht mehr mitbekam. Die letzten Minuten schienen irgendwie nicht rumgehen zu wollen, und die Tatsache, dass es sechs Minuten Nachspielzeit gab, machte die Sache auch nicht gerade erträglicher.

Tja, und dann kam diese allerletzte Minute! Im Frankfurter Strafraum war einer der Bayern-Spieler, nachdem ihn ein Frankfurter berührt hatte, umgefallen.

»Ziemlich komisch, wie der grad gefalle ist. Eigentlich hätt er doch aufgrund der Berührung zur annern Seite kippe müsse!«; stammelte Bonifaz. Was man allerdings nur bedingt gut verstand, da er parallel zum Sprechen angefangen hatte, in seine Schiebermütze zu beißen.

Weil die Szene im Strafraum und die Frage, ob das nun Foul gewesen war oder nicht, anscheinend etwas schwer zu beurteilen war, machte sich der Schiedsrichter zur Seitenlinie auf, wo ein Fernseher stand, auf dem er sich das Ganze nochmal anschauen konnte.

»Videobeweis! Gibt's noch net lang. Findet auch net jeder super!«, krächzte Adler Lilli ins Ohr.

»Ja, ich weiß!«, nickte Lilli, während sie genau

verfolgte, was der Schiri nun machen würde. Der hatte sich das jetzt einige Male angeschaut und genug gesehen. Zurück auf dem Feld, deutete er mit einer großen Armbewegung an, dass es keinen Elfmeter, sondern lediglich Eckball für die Bayern geben würde. Was im Lager der Eintracht-Fans den nächsten Sturm der Begeisterung auslöste. Mittlerweile war jetzt auch Sven Ulreich, der Torwart der Münchener, aus seinem Tor nach vorne gelaufen, um dort vielleicht noch irgendwie mithelfen zu können. Der Eckball segelte jetzt in den Frankfurter Strafraum, von wo aus er plötzlich bei einem Eintracht-Spieler landete. Mijat Gaćinović hieß der, und der umspielte jetzt den einzigen Bayern-Spieler, der noch vor ihm stand, um dann allein auf das leere Tor auf der anderen Seite des Spielfeldes zuzulaufen. Genau in diesem Moment hielt es Adler nicht mehr länger auf Lillis Schulter aus, sondern startete stattdessen wie eine Rakete in Richtung Rasen. Keine Sekunde später hatte er Gaćinović erreicht, und flog jetzt direkt über dessen Kopf!

»Lauf Mijat, lauf! Noch 'en paar Meter und mer gewinne den Pott! Außerdem kommt da hinne 'en Pitbull! Lauf Mijat!«

Und Mijat lief tatsächlich wie um sein Leben, während alle von der Eintracht-Bank am Spielfeldrand mitliefen. Als er kurz darauf als Erster den gegnerischen Strafraum erreichte, schoss nicht er allein den Ball ins leere Bayern-Tor, sondern mit ihm jeder im Stadion, der es mit der Eintracht hielt! Zu denen natürlich auch Bonifaz und Lilli gehörten, die sich jetzt jauchzend in den Armen lagen. Was sich von nun an im Berliner Olympiastadion abspielte, ist nur schwer zu beschreiben, aber selbst betagte Eintracht-Anhänger, die schon seit Jahrzehnten dabei sind, sprachen später von einem »Jahrhundert-Moment«!

Gute drei Stunden später, lange nach der Siegerehrung und den Ehrenrunden der Spieler, saßen Großvater und Enkelin immer noch andächtig auf ihren Plätzen und genossen den warmen Berliner Nachthimmel.

SG

»Glaub mir, Lilli, ich hab viel erlebt mit der Eintracht, aber des hier gehört zum Allergrößten überhaupt!«

»Wow!«, grinste Lilli ihn an. »Und bei sowas Wichtigem war ich dabei! Toll, Opa! Aber sag mal, wo ist eigentlich Adler …?«

»Keine Ahnung, aber weit weg wird er net sein…«

Was stimmte. Adler saß oben auf einem der Tribünendächer und schaute versonnen lächelnd auf das Spielfeld, so als würde er all das, was er da vorhin gesehen hatte, nochmal Revue passieren lassen. Genau in diesem Moment segelte ein kleiner Fitzel des gol-

denen Konfettiregens von der Siegerehrung direkt an ihm vorbei. Was natürlich ein bisschen kitschig war. Aber wenn Kitsch an so einem Tag nicht erlaubt war … wann dann?

Nachtrag: Es ist bis heute nicht wirklich geklärt, wieviel Einfluss Adler auf das Tor von Mijat Gaćinović hatte und wie groß sein Anteil dementsprechend am Pokalsieg in Berlin war, aber die Experten waren sich einig, dass es ohne unseren durchgeknallten Papagei auch ganz anders hätte laufen können ...

Frankfurter Römer, 20. Mai 2018

Ja, normalerweise muss man ein Buch wie dieses hier mit dem Gewinn eines so grandiosen Pokalfinales wie dem in Berlin natürlich beenden. Frei nach dem Motto: Man soll immer aufhören, wenn es am schönsten ist. Wobei wir da aber auch schon bei der Frage sind, die sich genau daraus ergibt: Wann ist es denn eigentlich am schönsten?

Denn mit dem Gewinn des DFB-Pokals hatte sich automatisch ein weiteres Kapitel aufgeschlagen. Und das können und wollen wir Euch auf keinen Fall vorenthalten! Hier ist es also …

Jede Menge Volksfeste!

»Was 'ne Gruppe! Eieiei, des wird hart«, murmelte Bonifaz als er am Frühstückstisch im Sportteil seiner Zeitung las, gegen wen die Eintracht in der sogenannten ‚Gruppenphase' spielen musste. »Olympique Marseille, Apollon Limassol und … ach du liebe Zeit … Lazio Rom! Ich flipp aus!«

Still hatte Lilli ihren Großvater vom Türrahmen aus beobachtet.

»Wieso flippst du aus?«

»Ei, weil des 'ne Mordsgruppe ist! Die Zyprioten sind jetzt vielleicht net ganz so der Reißer, aber die beiden Annern schon. Des sind sehr erfolgreiche Mannschaften mit jeder Menge Erfahrung, was solche internationalen Wettbewerbe angeht!«

Seine besorgte Miene wich jetzt aber einem Lächeln.

»Annererseits haben wir von Europa geträumt, und jetzt isses soweit!«

»So seh ich das auch Opa! Wollen wir versuchen an Karten zu kommen?«

Bonifaz zuckte zusammen. Aus Rücksicht auf seine Enkeltochter hatte er ihr verschwiegen, dass das mit den Schmerzen in seiner Bandscheibe in den letzten Wochen leider deutlich schlimmer geworden war. Kurze Spaziergänge oder Besorgungen im eigenen Viertel gingen noch, aber längere Strecken setzten ihm mittlerweile doch ziemlich zu.

Und auch sein Hausarzt Dr. Weidlinger hatte ihm, ehrlich wie er nun einmal war, nicht so richtig viel Hoffnung gemacht. »Es ist halt auch altersbedingt, Herr Pfaff. Natürlich kann man sowas operieren lassen, aber da gibt es eben auch immer gewisse Restrisiken. Ich an Ihrer Stelle würde es erstmal mit Physiotherapie versuchen!«

Dann hatte er ihm noch die Telefonnummer einer Praxis aufgeschrieben, an die er sich wenden sollte.

»Mach ich, is 'ne gute Idee!«, hatte Bonifaz geantwortet, und dann den Zettel in die hintere Tasche seiner geliebten Breitcordhose gesteckt. Wo er sich auch jetzt in diesem Moment, fünf Wochen später, immer noch befand!

Lilli kannte ihren Großvater so gut wie niemand sonst auf der Welt. Und wie er da jetzt ernst am Tisch saß, und zerknirscht auf den Boden starrte, war klar, dass ihn etwas bedrückte. Vorsichtig kletterte sie auf seinen Schoß.

»Okay, Herr Pfaff, dann erzählen Sie Dr. Lilli mal, was das Problem ist!«

»Die Bandscheibe, Lilli, die blöde Bandscheibe!«

Wenige Minuten später war seine Enkeltochter auf dem, was man gerne auch den »neuesten Stand« nennt. Wie sehr ihn die Beschwerden plagten, und warum weitere Stadionbesuche mit den langen Fußmärschen von der Straße bis zum Sitzplatz auf der Tribüne einfach keine gute Idee waren. Natürlich war er mit seinen Problemen bei niemandem besser aufgehoben als bei Lilli.

»Kein Problem, dann gucken wir die Spiele eben zuhause!«, meinte sie nur und versuchte dabei so erwachsen wie möglich zu wirken.

»Ja, denk ich auch, Lilli!«, antwortete ein jetzt doch sehr erleichterter Bonifaz Pfaff.

»...und fahren nur zu den Auswärtsspielen!«

»Was?«

Lilli lachte, als Bonifaz kurz erschrocken die Augen aufriss.

»War ein Witz, Opa, ein Witz!«

Aber auch wenn Lilli tatsächlich nur Spaß gemacht hatte, arbeitete es jetzt im Hirn von Bonifaz Pfaff. Wenn er seiner Enkeltochter schon keine Stadionbesuche bieten konnte, dann aber vielleicht zumindest ein bisschen was anderes. Was Außergewöhnliches.

Und dann hatte er genau die Idee, für die sein Kopf ein paar Minuten auf Hochtouren gearbeitet hatte! »Du hast Recht, Lilli, wir fahren zu den Auswärtsspielen!«

Sie schaute ihn fragend an.

»Wie meinst du das?«

Ihr Großvater grinste jetzt, und dieses Grinsen verlieh ihm etwas Spitzbübisches, Jungenhaftes.

»Naja, also net direkt zu den Auswärtsspielen. Aber so ähnlich...«

Lilli zuckte jetzt mit den Schultern.

»Was bedeutet denn ‚so ähnlich'?«

»Lass dich überraschen!«

Bonifaz zwinkerte ihr jetzt zu.

»Na gut, Opa, dann mach ich das...«

»Wenn da mal tatsächlich nur die Bandscheibe im Eimer ist«, murmelte Adler in sich rein, der das Ganze vom obersten Regal der alten Schrankwand beobachtet hatte.

Ein paar Wochen später war es soweit. Das erste Spiel in der Europa-League-Gruppe stand an, und ein ausgesprochen schweres dazu. Nämlich bei Olympique Marseille in Frankreich. Ein Verein, der, wie Bonifaz es ja schon angedeutet hatte, der Eintracht in Sachen internationalem Fußball um Einiges voraus war. Ja, der sogar schon mal die Champions-League gewonnen hatte!

Es war später Nachmittag, als Bonifaz einem nicht gerade begeisterten Adler erklärte, dass sie ihn heute nicht mitnehmen konnten.

»Des geht net, weil man da, wo wir hinfahren, keine Tiere mit reinnehmen darf! Dafür bekommste aber 'ne Extrapackung Kekse, okay?«

Was Adler dann doch relativ schnell wieder beruhigt hatte.

Kurz darauf verließen Lilli und Bonifaz das Haus, vor dem zufälligerweise ein Taxi stand. Wobei ›zufällig‹ nicht ganz stimmte, denn zielsicher steuerte Bonifaz darauf zu, nannte dem Fahrer eine Adresse und schon fuhren sie los.

»Sagst du mir jetzt mal, wohin wir fahren?«

»Naja, ich hab ja gesagt, dass wir in gewisser Weise zu den Auswärtsspielen fahren …«

»Die Eintracht spielt heute in Marseille, das ist in Frankreich. Wäre allerdings ein bisschen teuer, mit dem Taxi dahinzufahren, außerdem geht das Spiel in einer guten Stunde los. Da hätten wir ja schon heute Morgen losgemusst!«

»Natürlich fahren wir net nach Marseille! Ich hab ja auch gesagt ›in gewisser Weise‹!«

Eine Viertelstunde später erreichten sie Sachsenhausen, und kurz darauf stoppte der Taxifahrer direkt vor einem kleinen Restaurant. »Le petit mouton« stand auf dem Schild über dem Eingang, was »Das kleine Schaf« bedeutete. Lilli kapierte jetzt erstmal gar nichts mehr.

Als sie den Gastraum betraten, kam ihnen sofort ein Kellner entgegen, der sie mit einem freundlichen »Bonsoir Mademoiselle et Monsieur!« begrüßte, bevor er sie durch das proppenvolle Restaurant zu dem Tisch führte, den Bonifaz extra für sie reserviert hatte. Spätestens als Lilli die Speisekarte mit den ganzen französischen Spezialitäten studierte, begriff sie, warum sie ausgerechnet hier waren.

»Jetzt verstehe ich! Das ist ein französisches Restaurant! Weil wir gegen eine französische Mannschaft spielen!«

»Jetzt hastes!«, lachte Bonifaz.

Sie sah sich um und entdeckte jetzt auch eine kleine Bühne, auf der ein großer Fernseher stand.

»Normalerweise«, erklärte ihr Bonifaz, »finden da regelmäßig französische Chanson-Abende statt. Aber heute gibt's Fußball!«

Lilli war nicht nur begeistert, sondern gleichzeitig auch gerührt, dass Bonifaz sich so viel Mühe gemacht hatte. Allein diese Idee war ja schon super, aber dann auch das schöne Restaurant mit der tollen Speisekarte usw.

Der Abend war in jeder Hinsicht ein Erfolg! Sowohl, was das Essen … eine riesige Platte mit zig verschiedenen Schafskäse-

Variationen … als auch, was dieses erste Spiel in der Europa-League anging.

Das fand zwar im Stadion ohne Zuschauer statt, weil man so Marseille für vorherige Fanausschreitungen bestrafte, aber hier im vollbesetzten »Le petit mouton« glich das Publikum das locker wieder aus. Soweit es Lilli beurteilen konnte, waren gut eine Hälfte um sie herum Franzosen, die anderen Frankfurter. Die dann am Ende auch mehr Grund zum Jubeln hatten, da die Eintracht in Marseille mit 2:1 gewann! Womit wohl die wenigsten tatsächlich gerechnet hatten, denn die Eintracht war in der Liga und auch im DFB-Pokal nicht gerade glanzvoll gestartet! Umso schöner dieser überraschende Sieg! Mit glänzenden Augen starrten Bonifaz und Lilli auf den Bildschirm, wo sich gerade glückliche Eintracht-Spieler in den Armen lagen.

Als sie später wieder im Taxi saßen, lehnte Lilli ihren Kopf an Bonifaz' Schulter, der fürsorglich seinen Arm um sie legte.

»Danke, Opa! Das war ein sauschönes, supertolles Auswärtsspiel!«

»Gern geschehen, Mademoiselle Lilli!«

Was beide, und auch alle anderen Eintracht-Fans an diesem Abend nicht ahnen konnten: Diese Europa-League-Saison würde es in sich haben, und alle Erwartungen übertreffen.

Das nächste Spiel fand in Frankfurt statt, und der Gegner hieß Lazio Rom. »Auch einer von dene richtisch harte Brocke!«, hatte Bonifaz noch kurz vor Spielbeginn gemeint, was die Eintracht und ihre brachial lauten Fans aber anscheinend nicht besonders interessierte, da man die berühmte italienische Mannschaft einfach mal mit 4:1 vom Platz fegte.

»Guck dir des an, Lilli, des gibt's doch gar net! Sowas hab ich bei der Eintracht ehrlich schon lang net mehr gesehen!«

Fasziniert sahen sie, wie ausgerechnet Danny da Costa, einer von Lillis absoluten Lieblingsspielern, sein zweites Tor an diesem Abend schoss, und das Stadion in ein regelrechtes Tollhaus verwandelte! Wobei es nicht nur in der Arena, sondern auch im Hause Pfaff überaus temperamentvoll zuging! Bonifaz und Lilli hüpften ein ums andere Mal wie die Hamster auf einer heißen Herdplatte durchs Wohnzimmer, während Adler einen Looping nach dem anderen flog! Bis alle drei irgendwann vollkommen

erledigt, aber glücklich auf der alten Couch lagen.

Drei Wochen später stand die nächste Gruppenpartie an, wieder ein Heimspiel, diesmal gegen Apollon Limassol aus Zypern. Auch das gewann die Eintracht sehr zur Freude von Lilli, Bonifaz und Adler mit 2:0. Und genau diese Mannschaft war es auch, zu der man zwei Wochen später zum Auswärtsspiel reisen musste.

»Ich bin ja mal gespannt, was er sich dafür einfallen lässt…«, murmelte Lilli, während sie im Fernsehen den gutgelaunten Fans beim Feiern ihrer Mannschaft zuschaute.

Vierzehn Tage später stand wieder ein Taxi vorm Haus.

»Mach dich morgen net zu schick! Am besten eher alte Klamotten anziehen«, hatte Bonifaz ihr am Vorabend gesagt, was Lillis Neugier natürlich noch verstärkt hatte. Mehr war ihm dann tatsächlich auch nicht zu entlocken gewesen. Und auch jetzt, als sie… übrigens mit Adler, der diesmal mitkommen durfte… ins Taxi stiegen, hüllte sich ein breit feixender Bonifaz Pfaff in geheimnisvolles Schweigen.

Nein, Lilli hatte keine Ahnung, was Bonifaz ausgeheckt haben mochte.

Diesmal dauerte die Fahrt deutlich länger. Irgendwann hatten sie Frankfurt hinter sich gelassen, um schließlich die Wetterau zu erreichen, wo sie jetzt durch eine ganze Reihe kleiner Ortschaften fuhren. »Was hat er nur vor?«, fragte sich Lilli gerade, als sie plötzlich auf einen unebenen Feldweg abbogen, um kurz darauf vor einer alten großen, und hochumzäunten Scheune zu halten, hinter der sich ein kleiner See befand. Irritiert starrte sie jetzt aufs Schild über dem Eingangstor. »Doggy-Station Wetterau« stand da dick und fett. Lilli kapierte jetzt gar nichts mehr, aber Bonifaz' entschlossenes Aussteigen signalisierte ihr, dass wohl alles seine Richtigkeit hatte. Ihr Opa zog jetzt an der Leine einer neben dem Tor befestigten Glocke, die Glocke läutete, und schon ertönte aus dem Inneren des Gebäudes lautes, wildes Hundegebell. Kurz darauf erschien eine Frau mittleren Alters am Tor und lächelte sie an.

»Du bist bestimmt Lilli! Und Sie Bonifaz! Und du Adler! Ich bin die Silke! Na dann kommt mal rein. Und herzlich willkommen zum Auswärtsspiel! Die Zyprioten warten schon auf Euch!«
Lilli machte jetzt keinen Pieps mehr, sondern dackelte Silke, wie auch Bonifaz, einfach hinterher in Richtung Scheune. Übrigens mit einem leicht angespannten Adler auf der Schulter, dem das Ganze anscheinend wohl nicht so recht geheuer war. Beim Betreten sah man jetzt auch, was es mit dem Gebell auf sich gehabt hatte, denn bevor sie sich's versahen, waren sie von gut zwei Dutzend Hunden umringt, die allesamt neugierig auf sie zustürmten.

»Alle freundlich, keine Angst!«, meinte jetzt eine Männerstimme hinter ihnen. Sie drehten sich um, und ein Mann mit langen, silbergrauen Haaren grinste sie an.

»Ich bin Tommi! Der Mann von Silke! Herzlich willkommen zum Auswärtsspiel!«

Lilli verstand zwar nach wie vor nur Bahnhof, fühlte sich aber trotzdem alles andere als unwohl. Denn alle hier schienen irgendwie nett zu sein. Diese Silke, dieser Tommi und diese ganzen Hunde, von denen jeder übrigens komplett anders aussah.

»Ich zeig euch schon mal eure Plätze!«, meinte Silke und führte sie jetzt zur Stirnseite der Scheune, wo ein paar Stühle vor einer großen Leinwand standen.

»Wir gucken es mit einem Beamer!«, erklärte sie ihnen. »Aber jetzt gibt's erstmal Käsebrötchen für euch beide... und für dich, Adler, haben wir auch was vorbereitet!«
Kurz darauf saß Lilli kauend neben Bonifaz auf einem der Stühle, während Adlers Kopf in einer Schüssel mit Beeren und Nüssen verschwunden war. Und immer nur kurz auftauchte, um mit Sätzen wie „Des is sowas von hammermäßig lecker, ich könnt ausraste!" seine kulinarische Begeisterung mitzuteilen.

»Okay, Opa, jetzt hätte ich gerne mal erklärt, warum das hier ein Auswärtsspiel sein soll. Denn auch wenn Silke und Tommi sehr freundlich sind, klingen sie nicht so, als kämen sie aus Zypern!«

»Die net, da haste Recht!«, schmunzelte Bonifaz. »Aber die da…«

Dabei deutete er auf all die Hunde, die es sich mittlerweile um sie herum bequem gemacht hatten.

»Hä? Kapier ich nicht!«

»Na, das sind alles Straßenhunde aus Zypern. Die man dort ziemlich sicher getötet hätte und die Tierschützer deshalb hierhergebracht haben!«

»Ist das dein Ernst, Opa? Wir gucken das Spiel gleich zusammen mit den ganzen Wauwaus hier?«

»Lilli, gleich wieder in ein Restaurant wollte ich net! Also hab ich es erst im Konsulat von Zypern in Frankfurt versucht, aber da haben sie gesagt, dass sowas net möglich sei. Und dann hab ich durch Zufall das hier gefunden. Ich mein, ob jetzt zypriotische Menschen oder zypriotische Hunde, ist doch zumindest in dem Fall eigentlich egal. Hauptsache überhaupt Zyprioten, oder?«

IM HERZEN VON EUROP

Lilli schüttelte jetzt erstmal den Kopf. Eins war klar … einen bekloppteren und gleichzeitig genialeren Opa hatte definitiv niemand auf der Welt. Kurz darauf begann also ihr zweites »Auswärtsspiel«, und auch das gewann die Eintracht verdient mit 3:2! Übrigens vor rund 5.000 mitgereisten Fans, die mit ihrer wahnsinnigen Stimmung fast schon vergessen ließen, dass das Spiel nicht in Frankfurt stattfand. Und die die Anhänger von Limassol in Sachen Lautstärke locker übertrumpften. Wobei die zypriotischen Fans um sie herum auch keinen besonders temperamentvollen Eindruck machten, lagen doch die meisten mittlerweile verstreut und längst schlafend auf dem Scheunenboden oder kauten auf irgendwelchen Knochen rum …

Das nächste Spiel gehörte zu den vielleicht nicht ganz so interessanten. Denn auch wenn beim 4:0 gegen Marseille ordentlich Tore fielen, war es zu keinem Zeitpunkt spannend, da die Franzosen von Anfang so spielten, als sei ihnen das ganze Match komplett egal. Was allerdings nicht für die Fans im erneut ausverkauften Frankfurter Stadion zutraf, die auch diese Partie zu einem weiteren aufgekratzten Volksfest machten!

Für das nächste »Auswärtsspiel« bei Lazio Rom gab es, und da waren sich Bonifaz und Lilli vollkommen einig, nur einen Ort, der in Frage kam. Denn die Pizzeria »La Mamma« in ihrer Straße war ihr Stammlokal. Nirgendwo gab es bessere Pasta, bessere Pizza … und vor allem bessere Stimmung. Was natürlich vor allem an der Belegschaft dort lag. In der es übrigens gar keine »La Mamma« gab. Das heißt, irgendwie schon … nur, dass es sich dabei nicht um eine Frau, sondern um den Chef der Pizzeria handelte. Der mit richtigem Namen Luigi Manchetti hieß, weshalb der Laden in der ersten Zeit auch »Bei Luigi« geheißen hatte. Im Lauf der folgenden Jahre aber hatte sich Luigi den vermutlich dicksten Bauch Frankfurts angefuttert. Was natürlich noch kein

Grund zur Namensänderung gewesen wäre. Aber dann war ein Tag gekommen, an dem eine junges Ehepaar mit ihrem vierjährigen Sohn an einem der Tische gesessen hatte. Und der hatte, aus dem Kinderstuhl heraus fasziniert den großen, dicken Mann hinter der Theke angestarrt, mit dem Finger auf dessen riesige Wampe gezeigt, um dann die legendären Worte »Baby in Bauch von Mama!« zu rufen. Worauf in der Pizzeria laut Zeitzeugen tumultartige Zustände ausgebrochen waren. Gäste und Kellner hatten sich gekrümmt und geschrien vor Lachen. Was natürlich den Kleinen erschreckt und ihn zum Weinen gebracht hatte. Und weshalb Luigi ihn einfach aus dem Kindersitz genommen, ihn liebevoll vor seinen Kopf gehalten und dann gesagt hatte: »Abbe soforte isch binne net e mehr Luigi, sonderne ›La Mamma‹! Und Pizzeria auch heiße jetzt so! Wenn so viele Mensche lache über ›La Mamma‹, es musse bringe Glukke…«

So oft wie sie schon hier gegessen hatten, hätten beide auch mit verbundenen Augen zu ihrem angestammten Tisch in der hinteren Ecke des Lokals gefunden. Das, ähnlich wie schon beim ‚Auswärtsspiel' gegen Marseille voll besetzt, und ziemlich gleichmäßig in italienische und Frankfurter Fans aufgeteilt war. War es vor ein paar Wochen im »Le petit mouton« mit dem Anpfiff schon laut und temperamentvoll hergegangen, war das hier nochmal eine Steigerung in Sachen Stimmung. Jede Aktion wurde bejubelt oder bestöhnt, mit Applaus oder Buhrufen begleitet. Vor allem die drei Tore dieses Spiels. Von denen die Eintracht übrigens zwei schoss, weshalb sie denn auch erneut als Sieger den Platz verließ. Bonifaz konnte es einfach nicht glauben, immer wieder schüttelte er ungläubig den Kopf.

»Des gibt es doch net Lilli, des gibt es net! Jetzt habbese alle... ich wiederhole: ALLE Gruppenspiele gewonnen! Des hat noch nie 'ne deutsche Mannschaft gepackt!«

»Das ist doch super, Opa! Boah, und ich bin so gespannt, gegen wen sie jetzt spielen müssen!«

»Ich auch! Sind 'en paar echte Hämmer dabei!«

Und nicht nur Lilli und Bonifaz waren gespannt, als ein paar Tage später die nächste Runde, die der letzten Zweiunddreißig, ausgelost wurde. Keine Firma, kein Büro, kein Platz in Frankfurt, in denen Menschen nicht gebannt vor dem Fernseher oder Radio saßen oder auf ihr Handy starrten, um zu erfahren, gegen wen die Eintracht als Nächstes ranmusste. Ja, diese Europa League hatte spätestens jetzt ganz Fußball-Frankfurt ordentlich den Kopf verdreht.

Das Los hätte allerdings nicht sehr viel schwerer sein können, denn mit FK Schachtar Donezk hatte man einen der Favoriten erwischt.

»Wo liegt denn dieses Schachtjor?«, hatte Lilli gefragt.

»Schachtjor ist der Vereinsname, Donezk die Stadt! Liegt in der Ukraine, des is in de Nähe von Russland!«, hatte ihr Adler erklärt. »Ist meistens saukalt da. Trotzdem haben sie immer jede Menge Brasilianer in der Mannschaft. Wahrscheinlich, weil es denen daheim zu heiß ist!«

»Du bist und bleibst der schlaueste Vogel, den ich kenne!«, lächelte Lilli ihn an und kraulte ihm den Nacken.

»Eija, was soll man machen? Adler habbes eben druff!«

Das erste von zwei Spielen gegen Schachtjor fand in Donezk statt, was also für Lilli, Bonifaz und Adler erneut »Auswärtsspiel« bedeutete. Und der alte Herr hatte mal wieder ganze Arbeit geleistet. Diesmal hielt ihr Taxi vor einem Fahrradladen. »Yaroslav Nowikow – Fahrradverkauf und Reparatur« stand in großen Buchstaben auf der Glastür, durch die sie den Laden betraten. Ein älterer Mann in einem mindestens genauso alten Overall war gerade damit beschäftigt, bei einem Mountain-Bike die Reifen zu erneuern, als ihn das Läuten der Ladenglocke aufblicken ließ. Sofort ließ er sein Werkzeug fallen, um strahlend auf sie zuzueilen.

»Bonifaz! Stari bozhevil'na mavpa!«, rief er, was Ukrainisch war und »alter, verrückter Affe« hieß. Und ganz offensichtlich kein bisschen böse gemeint war, denn beide Männer umarmten sich jetzt herzlich.

»Darf ich vorstellen? Das ist mein alter Kumpel Yaro, mit dem hab ich früher nach der Schule jeden Tag gekickt! Habbe uns in den letzten Jahren e bissi aus den Augen verloren, aber gute Freundschaften halten sowas aus!«

»Challo Lilli, challo kleines Vogelchen!«, begrüßte sie Yaroslav überaus freundlich.

Den Namen des Kumpels hatte Lilli schon mal irgendwann gehört, aber Bonifaz erzählte immer so viel von früheren Zeiten, dass sie sich natürlich längst nicht alles merken konnte. Klar war aber, dass der Mann Ukrainer war, und sie deswegen ihr Auswärtsspiel hier schauen würden. Auch wenn sie jetzt erstmal keinen Fernseher entdecken konnte.

»Darf ich fragen, wo wir gucken?«

»Komm kleine Fräulein, zeig ich dir, wo Yaroslav alles hat vorbereitet!«

Kurz darauf saßen alle in der Werkstatt des Ladens, die ihr Gastgeber mit jeder Menge Schachtjor- und Eintracht-Fähnchen und -Wimpeln liebevoll dekoriert hatte, und in der ein beeindruckend großer Flachbildschirm stand.

»Aber bevor startet Spiel, Helena hat zubereitet hessisch-ukrainische Spezialität!«

Wie auf's Stichwort betrat jetzt eine ältere Frau mit einem großen Kochtopf, vor allem aber mit einem sehr freundlichen Lächeln die Werkstatt.

»Dos is meine Frau Helena!«, stellte sie Yaroslav mit stolzer Stimme vor.

Helena nickte allen zu, stellte den Topf auf den Tisch und erklärte ihnen, was es da zu essen gab.

»Chab ich gemacht Haluschky! Dos bedeitet ‚kleine Ohren' und is Suppe mit Teigtaschen. Aber dazu ich chabe gemacht Würstchen Frankfurter! Ist also beides ... ukrainisch und hessisch!«

»Dann kann das Spiel ja nur Unentschieden ausgehen!«, meinte Lilli, bevor sie sich über den ersten Teller hermachte.

»Ja, und fier Vögelchen ich habe gebacken ukrainischen Chonigkuchen!«

So lecker das Essen aussah, so lecker schmeckte es auch.

Nicht nur Lilli und ihrem Großvater, sondern auch Adler.

Der zwar den Begriff »Vögelchen« für einen Greifvogel seiner Güte vollkommen unpassend fand, angesichts der Qualität des Kuchens allerdings bereit war, großzügig darüber hinwegzusehen.

Was Lillis Prognose anging, hatte sie übrigens tatsächlich Recht. In einem sehr umkämpften Spiel, bei dem Schachtjor schon ab der 11. Minute mit einem Mann weniger spielen musste, weil einer ihrer Spieler die rote Karte erhalten hatte, schossen beide Teams zwei Tore und trennten sich erst einmal Remis.

Nach dem Spiel hatte Bonifaz deswegen beeindruckt gemeint: »Kerle, wenn die sogar in Unterzahl so gut spielen, dann wird des nächste Woche beim Rückspiel 'en ganz heiße Tanz!«

Was es dann auch wurde, wenn auch eher ein heißer Freudentanz. Denn die Eintracht spielte sich früh in einen regelrechten Rausch und besiegte den Gast mit sage und schreibe 4:1. Dass das Stadion mal wieder kurz davor war, vor Begeisterung zu explodieren, muss an dieser Stelle natürlich genau so wenig erwähnt werden wie die Party, die Lilli, Bonifaz und Adler im heimischen Wohnzimmer veranstalteten!

Im Achtelfinale hieß der nächste Gegner nun Inter Mailand.

»'En großer Name, die habbe schon 'ne Menge Titel gerisse!«, erklärte er Lilli vor den beiden Partien. Und tatsächlich präsentierte sich Inter beim ersten Spiel in Frankfurt als starke, und sehr routinierte Mannschaft, gegen die es deswegen an diesem Abend zu nicht mehr als einem 0:0 reichte. Also musste das Rückspiel in Mailand die Entscheidung bringen.

Welches Bonifaz und Lilli erneut im »La Mamma« erlebten, denn zu einem Spiel gegen italienische Mannschaften passte nun einmal definitiv nichts besser als ihr Stammlokal. Wo das temperamentvolle Publikum auch diesmal Stimmung machte, als ginge es um den Weltmeister-Titel. Im Gegensatz zu ihren Fans blieb die Eintracht allerdings erstaunlich cool, und gewann relativ mühelos locker mit 1:0!

Spätestens jetzt, nachdem sich alle anderen deutschen Mannschaften aus dem Wettbewerb verabschiedeten, hatte es auch der Rest von Fußball-Deutschland begriffen: die Eintracht nahm die Europa-League nicht nur ernst, sie machte aus jedem Spiel einen Feiertag!

Am Tag des Auswärtsspiels bei Benfica Lissabon war Lilli natürlich schon wieder gespannt, was sich Bonifaz diesmal hatte einfallen lassen. Die Fahrt mit dem Taxi dauerte jedenfalls ähnlich lang wie die in die Wetterau, nur dass es diesmal Richtung Odenwald ging. »Groß-Umstadt« las Lilli laut auf dem Ortsschild des kleinen Städtchens, in das sie jetzt fuhren, bis sie rechts, ein klein wenig abseits der Straße, vor einem hellen Gebäude mit einer Glastür und einem breiten Balkon darüber stehen blieben. »Vive Portugal!« stand links auf der Hauswand, und auf einem Banner daneben: »Wir sind Freunde seit 1988«, sowohl auf Deutsch als auch Portugiesisch geschrieben.

»Des is ein Club für die vielen Portugiesen, die hier leben! Groß-Umstadt ist sowas wie die portugiesische Metropole Hessens! Des hat 1962 angefangen, da ist ein Portugiese hierhergekommen, der hieß … äh … warte ma …«

Bonifaz wurschtelte jetzt einen Zettel aus der Hosentasche und las laut vor: »Physiotherapie-Praxis Schmidt … nee, des is de falsche Zettel!« Er kramte nochmal und hielt jetzt den richtigen in der Hand.

»Armando Carmeiro hieß der. War in Portugal vor der Diktatur geflohen, fand hier 'en guten Job, und hat daraufhin seine ganzen Freunde und Verwandte nachkommen lassen. Daraus ist dann eine riesige portugiesische Gemeinde entstanden, zeitweise waren es sogar gute 7.000 Leute. Heute sind es irgendwas zwischen 1.500 und 2.000, die hier leben. Also hab ich mir gedacht… hier gucken wir unser ›Auswärtsspiel‹!«

Was eine ausgesprochen gute Entscheidung war, denn die Portugiesen erwiesen sich als hervorragende Gastgeber und verwöhnten Bonifaz und Lilli mit großen Mengen ihrer landesüblichen Spezialitäten. Ob Gazpacho, einer kalten Gemüsesuppe, Bohneneintopf, gebratenem Fisch, oder ›Bolo de Xadres‹, was so viel wie »Schachkuchen« bedeutete und bei dem es sich um Kuchen mit einem karoartigen Innenmuster handelte, … nichts, was nicht unfassbar lecker schmeckte.

»Die nächste drei Woche trink ich nur Wasser!«, hatte Bonifaz irgendwann mit vollem Mund gestammelt, was Lilli nickend bestätigte. Natürlich würde keiner der beiden auch nur einen Tag lang ausschließlich Wasser trinken, aber wenn man schon so reinhaute wie heute, war es für das eigene Gefühl ganz gut, sowas einfach mal zu sagen.

Irgendwann aber war Schluss mit der Fressorgie, und kurz darauf saßen Bonifaz und seine Enkelin inmitten einer großen Menge aufgeregter Portugiesen, die jede Szene regelrecht mitspielten, und jede Gefühlsregung lautstark kundtaten!

So sehr gastfreundlich die Portugiesen hier in Groß-Umstadt waren, so wenig waren es allerdings die Spieler von Benfica. Hatte es am Anfang noch nach einem eher ausgeglichenen Spiel ausgesehen, änderte sich das spätestens ab der 20. Minute, als nämlich Frankfurts noch sehr junger Abwehrspieler Evan N'Dicka im eigenen Strafraum ein etwas ungestümes Foul beging, worauf es Elfmeter für die Heimmannschaft und einen Platzverweis für N'Dicka gab. Und was bedeutete, dass die Eintracht nun 70 Minuten in Unterzahl spielen musste. Was wiederum einem anderen sehr jungen Mann auf dem Platz gut in den Kram passte, der Joao Felix hieß, und gleich mal drei Tore schoss. Schließlich stand es 4:1 für Benfica, und alles sah ziemlich klar aus. Die wackeren Frankfurter aber gaben sich trotzdem nie auf, und machten tatsächlich ausgerechnet durch ihren portugiesischen Stürmer Goncalo Paciencia noch ein Tor.

»4:2 is bitter, aber trotzdem noch zu packe!«, hatte Bonifaz auf dem Weg zum Taxi gemeint.

»Im Leben nicht«, hatte Lilli kopfschüttelnd erwidert. »Das holen die nicht mehr auf!«

Eine Woche später stellte sich raus, dass Bonifaz tatsächlich Recht behalten sollte, denn in einem weiteren atemberaubenden Hexenkessel-Spiel gewann Frankfurt dank Toren von Filip Kostic und Sebastian Rode 2:0! Was dann doch schon einem kleinen Fußballwunder gleichkam.

»Immer schön auf de Oppa hörn, dann weißte Bescheid!«, hatte Bonifaz freudestrahlend gerufen, nachdem ihm Lilli mit dem Abpfiff in die Arme gesprungen war. Vollkommen vergessend, dass das ja bei Leuten mit Bandscheibenproblemen eine eher mäßig gute Idee war. Aber an diesem Abend hatte Bonifaz alles im Sinn, nur nicht, auf irgendwelche Signale aus seinem Rückenbereich zu hören!

»Mer stehe echt im Halbfinale, Lilli! Mer stehe echt im Halbfinale!«

Wo der Gegner Chelsea London hieß, und sowas wie der Top-Favorit der Europa League war. Eine ausgesprochen teure Mannschaft mit jeder Menge Champions-League-Erfahrung. Und genau das sah man dann auch schon beim Hinspiel in Frankfurt. Die Eintracht versuchte, wie immer angetrieben von der lautstarken Heimkulisse, so gut wie möglich mitzuspielen, was aber nicht immer gelang.

»Irgendwie sieht das aus, als würden unsere denen immer nur hinterher rennen …«, meinte Lilli irgendwann während der zweiten Halbzeit.

»Des sieht net nur so aus, des is so!«, hatte ihr der wieder einmal nagelkauende Bonifaz leise geantwortet. Dass es am Ende 1:1 stand, war dann doch mehr als glücklich für die Eintracht, was alle Beteiligten, wie zum Beispiel Frankfurts Trainer Adi Hütter, bei den anschließenden Interviews im Fernsehen auch bestätigten.

Das Rückspiel in London, im Stadion an der Stamford Bridge, würde, das war jedem, der es mit der Eintracht hielt, klar, ein richtig schwerer Brocken werden.

Ein nicht ganz so schwerer war es für Bonifaz, herauszufinden, wo sie dieses Spiel schauen würden. »The Fox and Hound« hieß der englische Pub im Westen Frankfurts, den er im Internet schnell gefunden hatte.

»Ich war ja als junger Mann 'en paar Mal in London, und natürlich dort auch in verschiedenen Pubs. Kann man net mit unseren Kneipen vergleichen, die haben was ganz Eigenes…«, hatte er Lilli noch kurz vor der Eingangstür des »The Fox and Hound« erklärt… um nur ein paar Meter weiter, nachdem sie ihn betreten hatten, nickend festzustellen: »Ja, genau wie der Schuppen hier. Voll Englisch!«

Interessiert schaute Lilli sich um.

»Kann das sein, dass Engländer auf Holz stehen?«

Eine durchaus berechtigte Frage, schien doch alles in dieser kleinen Kneipe aus Holz zu sein. Die Theke, die Wandverkleidungen, die hohen Tische mit den hohen Stühlen, selbst die kleinen Bilderrahmen an den Wänden.

»Du wirst lachen, die haben sogar Gläser aus Holz …«, grinste Bonifaz. Was Lilli lediglich mit »Und wahrscheinlich trinken sie auch Holzbier!«, beantwortete, und ihm so klarmachte, dass sie seinen Scherz nicht besonders lustig fand.

Auch diesmal hatte Bonifaz zum Glück zwei Plätze reserviert, denn als das Spiel pünktlich um 21 Uhr angepfiffen wurde, war »The Fox and Hound« bis auf den letzten Platz besetzt, ja selbst Stehplätze waren jetzt Mangelware.

»Wieso gibt es in Frankfurt eigentlich so viele Engländer?«, wollte Lilli wissen, denn um sie herum sprachen fast alle nur Englisch.

»Ich glaub, die meisten sind Bänker, die hier für englische Banken arbeiten. Is ja in Frankfurt nichts Ungewöhnliches! Denen wird jedenfalls zurzeit schön de Zappe gehen!«

Was das hieß, wusste Lilli. Das bedeutete, dass jemand Angst hatte.

»Wegen dem Spiel?«

»Nee, wegen diesem blöden Brexit!«

Auch davon hatte Lilli zwar schon mal gehört, aber dann beschlossen, dass sie noch zu jung für solche Themen und es deshalb ihr gutes Recht war, sich nicht dafür zu interessieren. Was natürlich nicht auf das Spiel der Eintracht zutraf.

Das genau genommen eigentlich erstmal recht gut lief, denn die Frankfurter Spieler machten einen durchaus frischen Eindruck und schienen auch keinen allzu großen Respekt vor dem großen Favoriten zu haben. Der allerdings trotzdem Mitte der ersten Halbzeit 1:0 in Führung ging, was Lilli und Bonifaz im Gegensatz zu den Engländern um sie herum ganz schön ungerecht erschien.

Wobei sich diese ansonsten als durchaus freundliche Gastgeber herausstellten, denn kaum hatte der Schiedsrichter zur Halbzeit gepfiffen, brachte ihnen ein Mann im blauen Trikot und mit einem Chelsea-Schal um den Hals ein Bier bzw. eine Limonade.

»Wenn ihr heute schon verliert, soll es euch wenigstens sonst gutgehen bei uns!«, sagte er freundlich und mit diesem typisch englischen Akzent.

»Des is sehr nett ...«, hatte Bonifaz ihm genauso freundlich geantwortet, »aber wir verlieren net!« Dann hatten sie sich zugeprostet und beide ihr Glas auf einen Rutsch leergetrunken.

»Schmeckt net schlecht, des englische Bier! Aber an Äppler kimmt's net dran!«, flüsterte er Lilli zu.

Die zweite Halbzeit blieb weiterhin hart umkämpft wie schon die erste, nur dass es diesmal die Eintracht war, die ein Tor schoss.

»Immer wieder der Jovic!«, hatte Bonifaz laut gerufen, um etwas später hinzuzufügen: »Ich kann mir bei dem seine viele Tore und wie gut der kickt, net vorstellen, dass sie den behalten können! Den will doch halb Europa kaufen!«

»Ja, aber jetzt gerade spielt er für uns, und nur das zählt!«, antwortete Lilli. Das zustimmende Nicken ihres Großvaters signalisierte ihr, dass sie absolut Recht hatte.

Im weiteren Verlauf fielen aber keine weiteren Tore, sodass es erst Verlängerung, und dann, weil auch da keiner mehr traf, Elfmeterschießen gab.

War die Spannung im »The Fox and Hound« bis dahin schon groß gewesen, so wurde sie jetzt fast unerträglich. Wildfremde Männer hielten sich gegenseitig an den Händen, andere drehten sich mit dem Rücken zum Fernseher usw. Aus Frankfurter Sicht

ging es auch erstmal gut los, weil nämlich Haller, Jovic und De Guzman die ersten drei Elfer versenkten und Kevin Trapp einen der Londoner hielt. Dann aber verschossen doch noch zwei Eintracht-Spieler, während Chelseas Männer dreimal trafen, womit die Träume vom Endspiel geplatzt waren.

Lilli hatte sich schon tagelang vorher ganz fest vorgenommen, im Falle einer Niederlage tapfer zu bleiben, aber manchmal ist das mit dem Tapfersein halt nicht so einfach.

»So kurz davor!«, murmelte sie, und schon schossen ihr die Tränen in die Augen. Und auch Bonifaz, der sie jetzt tröstend in den Arm nahm, verspürte plötzlich eine gewisse Feuchtigkeit im Augenbereich.

Und genau in dem Moment, in dem sich das mit dem Ausscheiden und dem Ende dieser Europa-League-Saison besonders bitter anfühlte, stand plötzlich wieder der Mann im Chelsea-Trikot neben ihnen.

»Ich weiß, wie ihr euch fühlt! Wir haben mal vor ein paar Jahren das Finale der Champions League im Elfmeterschießen verloren. Man sagt sich zwar ‚Ist nur Fußball!' ... aber das funktioniert nicht! Zumindest nicht gleich.

Aber trotzdem und ohne Quatsch ... ihr könnt sehr stolz sein! Auf eure Mannschaft ... die hat selbst uns Engländer beeindruckt! Und natürlich vor allem auf eure Fans! Wir haben immer gedacht, wir hätten die lautesten, aber das ist Bullshit! Ich weiß nicht, wie viele ihr bei den Auswärtsspielen in Europa wart, aber es waren jedenfalls immer eine Menge!«

Dankbar nickte ihm Bonifaz zu.

»Des stimmt. Genau gesagt, waren es fünftausend in Zypern, fast zehntausend in Rom, dreitausend in Donezk, zwanzigtausend in Mailand, viertausend in Lissabon und heute bei euch noche ma ungefähr fünftausend! Dazu habbe se als erste deutsche Mannschaft alle Gruppenspiele in der Europa League gewonne! Des hat vorher noch keiner gepackt!«

Lilli musste jetzt das erste Mal wieder lachen. Das war typisch Bonifaz. Eben noch total traurig, aber jetzt schon wieder im Angebermodus.

»Wow!«, erwiderte der Mann in Blau. »Darauf trinken wir! Cheers!«

Und schon versenkten er und Bonifaz erneut in Raketen-Geschwindigkeit zwei große Biere.

Als sie eine gute Stunde später wieder im Taxi saßen, hatten sie sich beide schon recht gut wieder vom Spiel und dem Elfmeterschießen erholt.

»Das war nett, was der Engländer nach dem Spiel gesagt hat!«, meinte Lilli, während sie sich jetzt an Bonifaz schmiegte.

»Ja, Engländer halt«, brummelte der. »Habbe ja net umsonst es Fairplay erfunden.«

Er legte seinen Arm um sie.

»Aber des nächste Mal schieße mer se trotzdem aus'm Stadion! Wär doch gelacht ...«

Der neue Feiertag

27

Lilli lehnte ihren Kopf an Bonifaz` Schulter. Das tat sie immer nur dann, wenn sie verunsichert war. Und genau das war sie in diesem Moment. Dass das Frankfurter Stadion ausverkauft war, kannte sie ja mittlerweile, weil sie und Bonifaz in den letzten Jahren eine ganze Reihe Spiele live gesehen hatten. (Von der blöden Zeit, als dieses nervige Virus gekommen war und man nur noch Geisterspiele im Fernsehen hatte gucken müssen, mal abgesehen.)

Die vollen Ränge, die Gesänge, das riesige Gewusel... das alles war ihr vertraut, aber heute fühlte es sich anders an. Weil nämlich nicht nur die Tribünen voll waren, sondern auch der Platz. Es kam ihr vor, als wäre das Stadion doppelt so voll. Dazu kam, dass es ihr allererstes Public Viewing war.

Im Gegensatz zu Adler, der anscheinend schon mehrere solche Veranstaltungen besucht und ihnen dementsprechend einen hoch wissenschaftlichen Vortrag darüber gehalten hatte:

»Bei Public Viewing isses so...da gucken alle en Spiel live auf ner Leinwand. Was ja eigentlich net rischtisch live ist, weil man des Spiel ja net direkt live sieht. Annerseits isses natürlich doch irgendwie live, weil es ja in dem Moment wirklich läuft. Genaugenommen isses live ohne live!«

Daraufhin hatte sich Lilli die Frage gestellt, ob er heimlich von Opas Kräuterschnaps getrunken habe.

»Und was heißt des jetzt, Du Babbelmaul?«, hatte Bonifaz ihn leicht genervt gefragt. »Kommste mit oder net?«

»Logo komm ich mit! Aber diesmal tun mer net wieder so, als wär ich en Stofftier, diesmal flieg ich gleich von obbe nei! Die Kontrolleurin in Berlin hat damals ja so fest an mir rumgedrückt, dass ich im Nachhinein froh sein kann, dass ich en stabilen Magen hab! Einer mit Durchfall wär verloren gewesen!«

Also war er direkt unters Stadiondach geflogen, wo er, auf einer der Dachstützen sitzend, beste Sicht auf alles hatte.

»Aber nach dem Spiel treffen wir uns wieder hier vorm Eintracht-Museum, versprochen?«, hatte Lilli ihm eindringlich eingebläut, bevor sie sich getrennt hatten.

»Ja, mache mer! Und jetzt geht`s ab! Europacup, Europacup... in diesem Jaaaahr!«

Nachdem er also laut trällernd losgeflogen war, hatte sie plötzlich laut lachen müssen. Ihr war nämlich das ganze Szenario um Adlers Federnfarbe wieder eingefallen. Wie er vor ein paar Tagen zu ihr gesagt hatte: »Lilli, ich kann doch net als Einziger net weiß gekleidet ins Stadion gehe! Und ein T-Shirt will ich net anziehen,

da bekomm ich bei dem Wetter en Hitzeschlag. Deswegen...Du musst mir die Federn weiß färben. Geht net annerst!«

Also hatte sie im Internet nachgeschaut, wie bzw. mit was man am besten Federn färbt. Mit chemischen Sachen wollte sie das nicht machen. Nicht, dass Adler danach die Mauser bekäme. Dann aber hatte sie einen Hersteller von biologischen Farben aus Pflanzen entdeckt, diese sofort bestellt und sich schon wenig später mit Adler im Bad verabredet, wo sie dann vorsichtig jede seiner Federn bestrichen hatte. Bis er tatsächlich von Kopf bis Kralle komplett weiß war.

»Ja, jetzt seh ich aus wie diese Weißkopfseeadler, nur dass ich überall weiß bin!«

»Ja, Du bist jetzt ein Überallweißadler! Die gibt es nur ganz selten!«, hatte Lilli gelacht.

Tja, und jetzt saß sie da auf der Haupttribüne und starrte mit einer Mischung aus Faszination und Verunsicherung auf den Platz da unten, wo Tausende von Eintracht-Fans darauf warteten, dass es losging. Dieses »Spiel der Spiele«, wie es in diesen Tagen so oft genannt wurde.

Bonifaz hatte derweil seinen alten, kleinen Rucksack auf seinen Knien abgestellt und fing an, darin rumzukramen.

»Was suchst Du denn?«

»Wirst Du gleich sehen! Ich hab nämlich en Geschenk für Dich!« Dabei grinste er sie wissend an.

»Für mich? Ich hab doch heute gar nicht Geburtstag!«, antwortete Lilli verwundert.

»Macht nix! Es gibt Tage, da isses egal, ob jemand Geburtstag hat!«

Schon hielt er ein viereckiges, kleines Päckchen in der Hand. Sie lachte.

»Opa, das ist Weihnachtspapier! Du weißt schon, dass wir Mai haben, oder?«

»Ja, aber dass wir heute im Endspiel stehen, ist für mich schon wie Weihnachten!«

»Aha! Und wie soll sich das anfühlen, wenn die Eintracht auch noch gewinnt?«

Bonifaz runzelte die Stirn und überlegte.

»Ähm...wie Weihnachten und Geburtstag zusammen! Plus Namenstag! Wobei...wenn die Eintracht des heute gewinnt, wird des für uns hier mit Sicherheit ein eigener Feiertag!«

»So so!«

Lilli schüttelte lächelnd den Kopf, um dann das Päckchen auszupacken. Warum in aller Welt gab ihr Bonifaz ausgerechnet jetzt und hier, eine halbe Stunde vor dem Anpfiff, ein Geschenk? Sie öffnete die Schleife und wickelte das Papier ab. Zum Vorschein kam ein Buch. Genauer gesagt ein Album.

»Was ist das?«

»Lilli, es gibt einen interessanten Trick, um das herauszufinden! Einfach aufschlagen!«

Was Lilli auch tat.

»Unsere Reise ins Finale!« stand da auf der ersten Seite. Geschrieben mit dickem Filzstift und eindeutig in der Handschrift ihres Opas.

Sie blätterte weiter.

Jetzt klebte mitten auf der nächsten Seite ein Foto, auf dem sich Rafael Borré und Sam Lammers jubelnd in den Armen liegen.

»Ja, das war das erste Gruppenspiel gegen Fenerbahce Istanbul! Und Lammers hat das 1:1 geschossen. Und zum Schluss gab es Elfmeter für Istanbul, der per Nachschuss drin war, aber nicht gegolten hat, weil jemand zu früh in den Strafraum gelaufen ist, stimmts?«

»Stimmt Lilli, gutes Gedächtnis!«

»Naja, das weiß bestimmt jeder Eintracht-Fan!«

Gespannt blätterte sie weiter.

»Und hier jubelt Pacencia, weil er in Antwerpen in der Nachspielzeit das 1:0 geschossen hat. Auch per Elfmeter!«

Bonifaz lächelte und konnte in dem Moment nicht verhehlen, dass er schon ganz schön stolz auf seine Enkelin und ihr ausgezeichnetes »Eintracht-Gedächtnis« war.

Was sich auch bei den nächsten Seiten bestätigte, denn Lilli konnte sich wirklich an jedes der Gruppenspiele erinnern. Ob die gegen Istanbul oder Antwerpen, genauso wie die gegen Olympiakos Piräus.

»Am Ende waren wir Gruppensieger, durften die nächste Runde überspringen und kamen direkt ins Achtel-Finale!«

»Ja, und des hat es in sich gehabt!«

Jetzt kamen die Seiten mit dem Spiel gegen Betis Sevilla.

»Das war wirklich irre. Erst das 2:1 im Hinspiel dort und dann das 1:1 nach Verlängerung hier bei uns!«

»Dank Hinti! Ich seh des noch genau vor mir, wie er sich in der letzten Minute in die Flanke vom Kostic geworfe hat wie en Bohrer, mit dem man Tunnel in Felswände bohrt!«

Lilli musste lachen. Sie liebte diese vollkommen übertriebenen Vergleiche ihres Großvaters!

Was jetzt kam, wusste Lilli natürlich. Wie sollte man das auch je vergessen?

Doch bevor sie weiterblätterte, warf sie einen Blick in Richtung Stadiondach.

»Hoffentlich hat Adler da oben einen guten Platz, Opa!«

»Glaub mir, wenn wir uns um irgendjemanden keine Sorgen machen müssen, dann um unseren Papagei!«

Was definitiv zutraf! Adler hatte nämlich nicht nur auf einer der Dachstützen den optimalen Platz gefunden, sondern befand sich auch noch in bester Gesellschaft. Direkt neben ihm hatte sich eine Gruppe von weiblichen, schottischen Moorschnee-Hühnern breitgemacht, die sich selbst als Fanclub »The Crazy Rangers-Chicken« vorgestellt hatten. Wie Adler erfuhr, waren diese rostbraunen Hühner mit dem bläulichen Schimmer auf dem Rücken von Schottland aus zu jedem Auswärtsspiel geflogen, um ihr Team mit lautem Gegacker zu unterstützen.

Und selbstverständlich hatten sie auch nach Sevilla fliegen wollen. »Aber dann«, so hatte ihm Lottie, eine der Hühner-Damen, erklärt, »hat uns bei einem Zwischenstopp ein französischer Wanderfalke erzählt, dass in Spanien die Jagd auf Vögel immer noch weit verbreitet sei! Was uns dann doch zu riskant war. Wir wollen ja am Ende nicht in irgendeiner Paella landen. Also haben

wir uns gesagt: ›Dann schauen wir uns das Spiel eben direkt beim Gegner an!‹, haben kurzerhand die Route geändert und jetzt sind wir hier!«

»Verstehe!«, hatte Adler nickend geantwortet. »Und darf ich fragen, warum Ihr keine Männer dabeihabt?« Woraufhin Lottie grinsend erwidert hatte: »Jemand muss ja zu Hause auf die Kinder aufpassen, Schätzchen! Außerdem würden wir dann ja nicht so flotte Typen wie Dich kennenlernen, wenn die dabei wären! Du stolzer Schnee-Adler!«

Woraufhin alle Hühner in schallendes Gelächter ausgebrochen waren.

Ja, Adler ging es gut, da oben unterm Dach. Sehr gut sogar! Und »flotter Typ« hatte schon lange niemand mehr zu ihm gesagt, geschweige denn »Schnee-Adler«!

Als Lilli jetzt die nächste Seite aufschlug, musste sie lachen. Das Bild, das Bonifaz dort eingeklebt hatte, kannte sie aus dem Religionsunterricht.

»Das ist David gegen Goliath! Wo der Kleine den Großen besiegt hat!«

»Richtig Lilli! Und so war's ja im Viertelfinale auch!«

»Das stimmt!«

Die Bilder, die jetzt die nächsten Seiten zierten, ließen ihr Herz höherschlagen.

»Wow, das Tor von Ansgar Knauff im Hinspiel zum 1:0! So ein toller Schuss!«

»Ja, des kann mer sagen! Aus achtzig Metern in de Winkel!«

»Ich glaub, es waren über hundert, Opa!«

Bonifaz' verklärter Gesichtsausdruck verriet, dass er jetzt gerade für Ironie eher unempfänglich war.

»Guck Dir das an! Dreißigtausend Eintracht-Fans in Barcelona, und alle in weiß! Wahnsinn! Waaaahnsinn!«

Das Foto, das Lilli so faszinierte, hatte offensichtlich jemand aus einem höher gelegenen Stockwerk eines Hauses aufgenommen und zeigte den nicht enden wollenden Strom von Menschen, die allesamt in weißen Klamotten durch die katalanische Metropole zum Stadion gelaufen waren.

»Da wern die noch in tausend Jahrn von träume. Wie mer da dorschmaschiert sind, und die Partie dort quasi zum Heimspiel gemacht habbe! Und was se später rumgeflennt habbe, dass des ja net fair gewese wär, dass mer so viele gewese wärn. Die Ultras von denen, ich glaub, die habbe so um die zwanzisch, sind sogar vor lauter Empörung über so viele Gästefans nach der Halbzeit erstmal vorm Stadion geblieben und erst nach ner Viertelstunde wieder zurück in ihren Block gekomme! Och Gottsche, der arme, arme FC Barcelona!«

»Das nennt man Identifikation!«, dachte Lilli, denn dass ihr Opa von »wir« sprach, obwohl er gar nicht vor Ort gewesen war, sondern mit ihr zusammen das Spiel zuhause geschaut hatte, sprach Bände.

Schon kamen die Bilder, auf denen man die drei Eintracht-Tore sah. Den Elfer von Philipp Kostic, das Winkel-Traumtor von Borré und das 3:0, wieder durch Kostic.

»Ich weiß net, ob ich die Eintracht je hab besser spielen sehn als an dem Tag!«

Eine Meinung, mit der Bonifaz auch in den Tagen danach nicht alleinstand. Denn auch wenn jeder damit gerechnet hatte, dass Barcelona spätestens im Rückspiel richtig ernst macht und die berühmte Tiki-Taka-Trickkiste auspackt, kam es tatsächlich komplett anders. Die Eintracht kämpfte, als gäbe es kein Morgen mehr, konterte wie aus dem Lehrbuch und ging am Ende vollkommen verdient als Sieger vom Platz. Auch wenn es am Ende nochmal eng geworden war.

»Nach dem 3:0 haben wir gedacht, dass es das gewesen sei. Aber dann haben die tatsächlich in der Nachspielzeit noch zwei Tore geschossen und es noch mal richtig spannend gemacht! Ich weiß noch, wie Du vor lauter Aufregung durchs Wohnzimmer gelaufen bist wie ein Verrückter!«

»Erinner mich net da dran, Lilli, da krieg ich sofort wieder Sodbrenne, wenn ich nur dran denk!«

»Musst Du nicht, Opa, ist ja gut ausgegangen! Apropos ›weiß‹«, sie schaute ins weite Rund. »Ich hab heute hier noch niemanden entdeckt, der nicht mindestens ein weißes T-Shirt anhat. Wahnsinn!«

»Ja, so sind wir Hessen! Wenn mer was mache, dann richtisch!«

»Ja, ja, schon klar!«, lachte Lilli.

»Auf, blätter weiter!«

Bonifaz war anscheinend regelrecht gespannt, wie es in dem Album weiterging. Was lustig war, hatte er es doch selbst zusammengestellt.

AUSWÄRTSSIESCH!!!
12
MES QUE
UN CLUB

»West Ham!«, hauchte Lilli. Das Spiel gegen die Engländer hatten sie live hier im Stadion gesehen und beide waren danach sicher, dass sie die Frankfurter Arena noch nie so laut erlebt hatten wie an diesem Tag beim Halbfinal-Rückspiel. Das Hinspiel in London hatte die Eintracht durch Tore von Knauff und Kamada schon mit 2:1 gewonnen, bevor sie dann auch das Rückspiel mit 1:0 für sich entschieden hatte. Lilli erinnerte sich noch daran, dass ihr Opa auf dem Rückweg immer stiller geworden war, so überwältigt war er davon gewesen, dass sein Verein nach 42 Jahren erstmals wieder in einem internationalen Finale stand!

»Und dann auch noch gegen die Glasgow Rangers! Genauso ein Traditionsclub wie unserer! Und Gott sei Dank net geschen Leipzisch!«, hatte er noch gestammelt und dann kein Wort mehr gesagt. Was wirklich nicht oft vorkam!

Auf den riesigen Bildschirmen, die im Stadion verteilt aufgestellt waren, sah man jetzt, wie beide Mannschaften den Platz in Sevilla betraten, wo das Stadion komplett in Fans in Blau und Fans in Weiß aufgeteilt war, die alle irgendwas sangen. Wie übrigens auch alle hier im Stadion!

Dann ertönte der Anpfiff. War die Stimmung schon lange vor dem Anpfiff supergut gewesen, entwickelte sich das Frankfurter Stadion jetzt zum Hexenkessel! Jede Balleroberung, jede gelungene Aktion wurde bejubelt, als hätte die Eintracht ein Tor geschossen! Ja, es schien, als wolle man hier in Frankfurt die Mannschaft im fast zweitausend Kilometer weit entfernten Sevilla mit allen zur Verfügung stehenden Kräften zum Sieg treiben.

»Was glaubst Du Opa, wie viel Leute das hier sind?«

Lilli musste fast schon brüllen, so laut war die Kulisse jetzt.

»Ich weiß net. Aber en Haufe!« antwortete Bonifaz, während er dabei seine Kappe ab, dann auf und schließlich wieder absetzte. Natürlich ohne zu merken, dass er das gerade machte!

Jetzt ging ein Aufschrei durch das Stadion. Einer der Glasgow-Spieler hatte Sebastian Rode mit der Unterseite seines Schuhs am Kopf getroffen, woraufhin dieser blutüberströmt zu Boden gegangen war. Plötzlich war es fast still, alle starrten ängstlich auf die Leinwände.

»Oh je, der arme Seppl!«, murmelte Lilli.

»Ja, wenn der raus muss, wär des schlecht! Gegen ne Mannschaft wie die Blaue brauchst Du genau so'n Typ!«

Einige Minuten später brandete dann aber großer Jubel der Erleichterung auf, als nämlich Sebastian Rode mit großem Kopfverband wieder aufs Feld lief und weiterspielte.

Von da an schien die Eintracht das Spiel im Griff zu haben, erspielte sich ein paar ganz gute Chancen, ohne allerdings ein Tor zu machen.

»Hoffentlich rächt sich des net später!«, brummelte Bonifaz, der seine Kappe mittlerweile zum ungefähr zweihundertsten Mal auf seinen Kopf setzte.

»Sei still, Opa, sowas bringt Pech!«

Dann war Halbzeit.

»Und Opa ... was sagt Dein Bauchgefühl?«

»Des kann ich Dir net sagen, Lilli, in meinem Bauch rumorts wie im Heizkessel von ner alten Lokomotive, so uffgerescht bin ich!«

»Das wird schon!«

Dabei tätschelte Lilli kurz seine Hand.

Fünfzehn Minuten später begann die zweite Halbzeit. Wie es schien, hatten sich die Eintracht-Spieler viel vorgenommen, denn jetzt machten sie erst mal noch mehr Druck. Schon landete ein Schuss von Lindström knapp neben dem Glasgower Tor und nur kurze Zeit später hätten alle Frankfurter nach einem Foul an Borré gerne einen Elfmeter gehabt. Den es aber nicht gab. Und wie es im Fußball gefühlt schon seit Jahrhunderten ist: wenn die überlegene Mannschaft das Tor nicht macht, kassiert sie irgendwann eins. Erst verlängerte Sow mit dem Kopf unglücklich einen Abschlag des schottischen Torhüters, dann stolperte Tuta beim Versuch dazwischen zu gehen, und schon machte ein Stürmer namens Aribo das 1:0 für die Rangers.

Für einen Moment wurde es ziemlich ruhig im Stadion.

»Aus'm Nix! Des gibt`s doch net! Mer verliern des Ding, weil mer zu blöd sind, en Tor zu mache!«, fluchte Bonifaz.

Was zum Glück nicht zutraf, denn in der 69. Minute schickte Philip Kostic einen festen Flachschuss in den Strafraum, wo ihn Borré ins Tor drückte! Das Stadion schien jetzt zu explodieren.

»Gott sei Dank!«, rief Lilli, während sie in Bonifaz' Arme sprang.

Das Spiel schien jetzt wieder eher zugunsten der Eintracht zu laufen, auch wenn die es nicht mehr schaffte, das Spiel noch vor dem Abpfiff für sich zu entscheiden.

»Verlängerung! Na subbär!«, stöhnte Bonifaz. »Wahrscheinlich gibt's auch noch Elfmeterschieße. Da kannste mer schon ma en Krankewagen bestelle, des pack ich net!«

Und Bonifaz sollte Recht behalten. Wenn auch zum Glück nur was den Spielverlauf anging! In der Verlängerung merkte man jetzt beiden Mannschaften an, dass die Kräfte nachließen und dass keiner mehr so richtig was riskieren wollte. Trotzdem gab es noch das, was später alle als »magischen Moment« bezeichnen würden. Sechs Minuten vor dem Ende tauchte nämlich plötzlich der Glasgower Spieler Ryan Kent frei vor dem Frankfurter Tor auf und hatte die womöglich größte Torchance des gesamten Spieles. Zum Glück hatte aber Kevin Trapp entschieden was dagegen, das Spiel so kurz vor Schluss abzugeben, also hielt er den Ball mit einer spektakulären Parade, was im Stadion einen kollektiven Schrei der Erleichterung ausgelöst hatte. Und so stand nach weiteren dreißig Minuten fest: Elfmeterschießen.

Im Gegensatz zu seiner eigenen Vorhersage wurde Bonifaz plötzlich ganz ruhig. Aufmerksam beobachtete er, wie Trainer Oliver Glasner jetzt mit den Spielern sprach um herauszufinden, wer sich gut genug fühlte, um einen Elfer zu schießen.

»Was denkst Du, Opa? Packen wir das?«

Lilli zupfte unsicher an seinem Ärmel.

»Ja, mer packe des! Wenn de Fußball-Gott des anders hätte haben wolle, hätt de Trapp des Ding da eben net pariert!«

Lilli schaute sich noch einmal um. Überall legten jetzt Menschen ihre Arme um Leute, die neben ihnen standen, oder hielten sich an den Händen. So etwas hatte Lilli hier noch nie erlebt und plötzlich kroch ihr das über den Rücken, was man wohl eine »Monster-Gänsehaut« nennt.

Nachdem der Schiedsrichter ausgelost hatte, wer zuerst schießt, ging es los. Als Erstes lief jetzt einer der Schotten zum Punkt, legte sich den Ball zurecht und traf sicher. Was im Stadi-

on für ein schmerzerfülltes Jaulen sorgte. Jetzt war Christopher Lenz dran, der erst spät eingewechselt worden war.

»Hoffentlich isser schon in Betriebsbereitschaft«, murmelte Bonifaz, aber ein satter Schuss ins Tor beseitigte schnell jeden Zweifel. Genau so, wie es angefangen hatte, ging es weiter. Erst traf ein Rangers-Spieler, dann ein Frankfurter. Nach Lenz erst Hrustic, dann Kamada.

»Komm schon, Kevin!«, flüsterte Bonifaz, der mittlerweile seine Kappe zu einer Art Stoffkugel durchgeknetet hatte. Und als hätte der Frankfurter Tormann das gehört, hielt er den nächsten Strafstoß. Die Eintracht lag jetzt erstmals in Führung!

Als Nächstes lief Filip Kostic an und verwandelte cool flach ins rechte Eck. Genauso wie der darauffolgende Glasgower. Jetzt schritt Rafael Borré zum Elfmeterpunkt und legte sich den Ball zurecht. Wenn er traf, war das Spiel entschieden. Im Stadion war es jetzt so still wie noch nie an diesem Abend. Borré lief an und donnerte den Ball in den rechten Torwinkel! Was sich ab diesem Moment im Stadion abspielte, lässt sich eigentlich nicht wirklich beschreiben. Wildfremde Menschen lagen sich in den Armen, vie-

Adlerträger
SCHNU
GELSCHE
19
L. SCHÄMER
5
12
2
1

le von ihnen dabei hemmungslos weinend. Auch Lilli war Bonifaz in die Arme geflogen und der drückte sie jetzt so fest und innig, dass sie fast keine Luft mehr bekam. Das Stadion glich jetzt einem Tollhaus und auch in Sevilla war offensichtlich niemand mehr zu halten. Dort lagen sich Spieler, Trainer und wer noch alles zur Eintracht gehörte, in den Armen, und konnten ihr Glück nicht fassen.

»Zweiundverzisch Jahre ist das her, Lilli, zweiundverzisch Jahre! Dass ich des noch erleben darf!«

»Wenn, dann Du, Opa!« hätte sie ihm gerne ins Ohr geflüstert. Denn ihr Opa ging schon so lange zur Eintracht und war ihr immer treu geblieben! Aber jetzt gerade hatte sie einen dermaßen dicken Kloß im Hals, dass sie ihm wortlos einfach einen dicken Schmatzer auf die Backe drückte.

Eine gute Stunde später standen beide vorm Eintracht-Museum, wo sie mit Adler verabredet waren, und wunderten sich nicht schlecht, als dieser in Begleitung einer fünfköpfigen Gruppe von schottischen Moorschnee-Hühnern angeflogen kam, die alle ein bisschen traurig aussahen.

»Des sind Lottie und ihre Freundinnen, die bleiben heut Nacht bei uns. Und übrigens...«, flüsterte er jetzt Lilli ins Ohr, »Ich bin offiziell ein Schnee-Adler! Frag mich net warum...is halt so!«

Und Lilli fragte auch nicht. Denn an dem Abend war einfach alles egal.

Eintracht Frankfurt hatte nämlich gerade die Europa-League gewonnen! Und Frankfurt einen neuen Feiertag!

Für den Jürgen!
ADLERTRÄGER
12
COMIC GOTT
EUROPA POKAL SIEGER 2022
SEVILLAAAAA!
IN DIESEM JAHR
SGE
IM HERZEN VON EUROP

Nachtrag

Einige Wochen später versuchte das hessische Kultusministerium in einem Test herauszufinden, welches wohl die nachhaltigsten geschichtlichen Ereignisse seien, an die sich Schüler in Hessen erinnern. Weshalb man sie aufforderte, diese spontan an die Tafel zu schreiben. In 90 Prozent der Klassen sah das Ergebnis so aus

....

WICHTIGE EUROPÄISCHE GESC
16. 9. 2021: EINTRACHT - FENERBAHC
30. 9. 2021: ANTWERPEN - EINTRACHT
21. 10. 2021: EINTRACHT - OLYMPIA
4. 11. 2021: OLYMPIAKOS - EINTRAC
25. 11. 2021: EINTRACHT - ANTWERP
9. 12. 2021: FENERBAHCE - EINTRA
9. 3. 2022: BETIS SEVILLA- EINTRAC
17. 3. 2022: EINTRACHT - BETIS SEV
7. 4. 2022: EINTRACHT - FC BARCEL
14. 4. 2022: FC BARCELONA - EINTR
28. 4. 2022: WEST HAM UNITED - EIN
5. 5. 2022: EINTRACHT - WEST HAM
18. 5. 2022: EINTRACHT - GLASGOW

CHTSDATEN:
1:1
:1
3:1
1:2
2:2
1:1
1:2
1:1
1:1
HT 2:3
ACHT 1:2
ITED 1:0
NGERS 5:4 I.E.
NUR DIE SGE!
Indeed
EUROPAS BESTE MANNSCHAFT

Das letzte Wort!

Was soll man da noch schreiben? Er hat ja alles perfekt erklärt, unser lieber Bonifaz. Lilli weiß nun bestens Bescheid über die Eintracht. Einige kleine Anmerkungen möchten wir uns trotzdem noch erlauben.

»Die sind nämlich gar net gekommen, die Finnen« – S. 14.

Das war tatsächlich so. In der ersten Runde des Europapokals 1959/60 wurde der Eintracht der finnische Meister Palloseura Kuopio zugelost. Da freut sich jeder Fan über ein tolles Auswärtsspiel. Denkste! Die Finnen erhofften sich durch zwei Spiele in Deutschland deutliche Mehreinnahmen und beantragten, das Hinspiel in Frankfurt und das Rückspiel in Schwenningen austragen zu dürfen. In Finnland rechnete man nämlich mit höchstens 5.000 Besuchern. Doch der Verband lehnte den Antrag ab. Daraufhin verzichtete Kuopio auf die beiden Spiele. Das hieß für die Eintracht »kampflos« in der zweiten Runde, für die Fans hieß es »Erlebnisreise gestorben, Geld gespart«.

»1907! So lange ist das schon her, da hatte die Eintracht ein Gesamtvermögen von … 42 Pfennig!« – S. 23.

Ja, das war bitter: Noch 1906 hatte der Kassenführer verkündet, dass sich die Kassenverhältnisse verbessert hätten. 1907 kam dann aber heraus, dass die Kasse seit einem Jahr nicht ordnungsgemäß verwaltet wurde. In der vom Beschuldigten zurückgegebenen Blechbüchse befanden sich tatsächlich nur 42

Pfennig. Zwar unterzeichnete der Übeltäter einen Schuldschein, ob das Geld jemals wieder zurückkam, ist nicht bekannt. Es handelte sich immerhin um ca. 900 Mark. Passiert ist dieser Vorfall übrigens bei dem Vorgängerverein, der Kickers hieß.

»Wie ist es denn mit der Eintracht? Wieso heißt die überhaupt so?« – S. 27.

Das ist eine komplizierte Geschichte, und wenn Bonifaz den Namen »Sportgemeinde Eintracht« auf das Jahr 1920 terminiert, liegt er nicht ganz richtig, aber die Namensgeschichte kann man ja auch keinem Kind erklären. Wir versuchen es mal: 1920 fusionierten der Frankfurter Fußball-Verein und die Frankfurter Turngemeinde von 1861 zur »Frankfurter Turn- und Sportgemeinde Eintracht von 1861«, kurz TSGE. 1927 trennten sich beide Vereine auf Druck der Deutschen Turnerschaft wieder, es entstanden die »Turngemeinde Eintracht von 1861« und die »Sportgemeinde Eintracht von 1899 (FFV)«, letztere war die Eintracht, die Fußball spielte. Erst 1969 wurden beide Vereine wieder vereint, aus praktischen Gründen einigte man sich auf den einfachen Namen »Eintracht Frankfurt e.V.« Die traditionsreiche Bezeichnung Sportgemeinde wurde erst vor wenigen Jahren wieder in die Präambel des Vereins aufgenommen!

»Unser Vorgängerverein wurde 1899 gegründet und hieß Victoria« – S. 30/31.

Am 8. März 1899 gründeten 15 fußballbegeisterte Frankfurter den Frankfurter Fußballclub Victoria. Im gleichen Jahr wurden auch die Frankfurter Kickers gegründet, die Bonifaz gerne verschwiegen hätte. Letztlich war die Gründung der Kickers für die Eintracht aber auch wichtig. Am Ende waren die nämlich fußballerisch ein bisschen stärker als die Victoria, auch wenn es scheinbar mit der Vereinsorganisation haperte (Vgl. S. 23). Die Victoria wiederum war bestens organisiert und hatte auch noch einen tollen Fußballplatz – so kam es zur Fusion von 1911. Heraus kam der Frankfurter Fußball-Verein.

»Ich habe mich für ein Tor entschieden, das ich definitiv nie mehr in diesem Leben vergessen kann« – S. 125/126.

Nie mehr vergessen wird Bonifaz das Eigentor von Jürgen Pahl, das er allerdings nur sehen konnte, weil er live beim Auswärtsspiel in Bremen war. Denn nach derzeitigem Wissenstand gibt es von dem Tor keine Filmaufnahmen. In der 3. Minute rutschte dem Eintracht-Torhüter der Ball aus dem Arm und landete im eigenen Kasten. Pahl wurde zur Halbzeit von Trainer Zebec ausgewechselt.

»Ein Adler im Vereinswappen und dann 'en Pony als Glücksbringer! Saublöd, so was!« – S. 139.

Dass die Eintracht in den 70er Jahren mit »Schöppchen« ein Pony als Maskottchen hatte, war purer Kommerz! Eine Frankfurter Brauerei hatte der Eintracht das Pony übergeben. Fortan gab es Aufkleber und Wimpel mit Schöppche-Motiv, in der Stadionzeitung einen Comic – und zeitweise stand Schöppche sogar auf der Tartanbahn im Stadion.

Matze Thoma, Eintracht Frankfurt Museum

Dank

Ganz besonders dicke Dankeschöns gehen an alle, die uns bei diesem Buch super geholfen und unterstützt haben!

- Matze Thoma, unser Fachmann und ständiger Berater im Hintergrund
- Sarah Küper , die für das Zusammenfügen von Zeichnungen und Text verantwortlich ist und das super gemacht hat!
- Volker Pietzsch und das Team vom Mentoren-Media-Verlag!
- Petra Hermanns, unsere Literaturagentin, die wir immer anrufen dürfen, wenn wir mal vertragstechnisch was nicht kapieren!
- Stefan Gerhardt (das ist der mit dem Adler im Herzen) für seinen unermüdlichen Einsatz hinter den Kulissen!
- André Eichhorn und das Team von SGE4ever, die uns auch diesmal bei den Abstimmungen für das Mannschaftsfoto wieder geholfen haben...

plus natürlich all den Eintracht-Fans, die sich bei diesen Abstimmungen beteiligt haben!

Außerdem geht der Dank an:
Sebastian Jäger, ohne den Michael nie mit den Eintracht-Karikaturen angefangen hätte!

Und nicht vergessen werden darf an dieser Stelle Michael Feick, ehemaliger Pressesprecher bei der Eintracht, der mit seinen Visionen nicht nur die ersten Eintracht-Comics ermöglicht, sondern dadurch auch diesem Buch hier gewissermaßen den Weg geebnet hat! Und der von da oben hoffentlich einen zufriedenen Blick auf unser Werk wirft!

Henni Nachtsheim,

(geb. 1957), legendärer Sänger, Saxofonist und Texter bei den Rodgau Monotones, gründete mit Gerd Knebel 1983 das hessische Comedy-Duo »Badesalz« und schreibt seit vielen Jahren Eintracht-Kolumnen für die Gießener Allgemeine, F.A.Z., Frankfurter Neue Presse und Welt Kompakt. Buchveröffentlichungen u. a.: »Den Schal enger schnallen und in die Ohren spucken«, »Gras wächst auch nicht schneller, wenn man dran zieht«, »Dollbohrer!«

Michael Apitz,

(geb. 1965), ist als freier Maler und Grafiker tätig. Zahlreiche Publikationen und Auftragsarbeiten als Karikaturist und Comiczeichner. Seit 2007 zeichnet der große Fußballfan Comics über und für die Eintracht, seinen Herzensverein. Außerdem widmet er sich als Künstler auch der freien Malerei mit dem Schwerpunkt »Landschaften«.

Adlerträger
Adlerträger
Adlerträger
Adlerträger
Adlerträger
Adlerträger
Adlerträger
Adlerträger